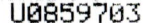

乌蒙山纪事

孙宁生 著

南京师范大学出版社

图书在版编目（CIP）数据

乌蒙山纪事 / 孙宁生著 . — 南京：南京师范大学出版社 , 2022.9（2022.10 重印）
  ISBN 978-7-5651-5344-0

Ⅰ . ①乌… Ⅱ . ①孙… Ⅲ . ①散文集—中国—当代 Ⅳ . ① I267

中国版本图书馆 CIP 数据核字（2022）第 108364 号

书　　名	乌蒙山纪事
作　　者	孙宁生
责任编辑	翟桂叶　姜爱萍
特约编辑	黄格娇
出版发行	南京师范大学出版社
地　　址	江苏省南京市玄武区后宰门西村 9 号（邮编：210016）
电　　话	（025）83598919（总编办）　83598412（营销部）　83598009（邮购部）
网　　址	http://press.njnu.edu.cn
电子信箱	nspzbb@njnu.edu.cn
照　　排	南京凯建文化发展有限公司
印　　刷	南京凯德印刷有限公司
开　　本	718 毫米 ×1000 毫米　1/16
印　　张	11.25
字　　数	195 千
版　　次	2022 年 9 月第 1 版　2022 年 10 月第 2 次印刷
书　　号	ISBN 978-7-5651-5344-0
定　　价	68.00 元
出 版 人	张志刚

南京师大版图书若有印装问题请与销售商调换
版权所有　侵犯必究

序

读了孙宁生老师的《乌蒙山纪事》一书,十分感动,心灵震撼。

孙宁生同志是一位让人敬重的南师附中高级教师,从教几十年,热爱学生,教学严谨,立德树人,培育人才。在校期间,他就是一名热心志愿者。退休后,孙宁生老师毅然选择到云南省曲靖市麒麟区茨营乡(2013年,撤乡设镇)和贵州省毕节市威宁彝族回族苗族自治县哈喇河乡(2015年,撤乡设镇)支教。面对艰苦的条件,他迎难而上,一干就是十多年。到边远贫困地区开展社会调查,逐一到贫困学生家走访、做工作,超负荷从事教学工作,资助困难学生,全程关心学生成长。

在乌蒙山区支教的十多年里,孙宁生老师做了三件大事:第一,为田字格小学、茨营中学的孩子们上课,教会他们如何做人;第二,请母校组织师生、校友并发动爱心人士筹建运作图书室、募集图书、捐赠电脑等设备,改善办学条件;第三,资助困难学生,使他们完成初中、高中及大学的学业,指导他们走上工作岗位,为人民服务。

孙宁生老师撰写的《乌蒙山纪事》一书,是他付出心血的写照;每一篇小故事,都显现出孙老师的付出和成效。书中提到的贾文娟、肖要强、袁志芳、袁丽、王姝烨、张艳、刘永江、代金梦、丁小保、陈东艳、胡豪、段佳乐、刘自红、朱慧敏、吴来芬等同学的成长,都是孙老师支教成果的结晶。茨营中学1001班朱慧敏同学讲得好:"一本好书如一缕温暖的阳光,照耀着我们放飞的心灵;一个小故事如一盏明灯,指引着我们前进的方向。"

孙宁生老师多年的辛劳付出,得到了充分肯定:荣获第八届云南省道德模范,"感动南京"2021年度人物,各民主党派、工商联、无党派人士为全面建成小康社会作贡献评选表彰大会"先进个人"称号。

向孙宁生老师致以崇高敬意!

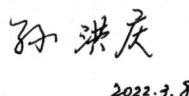

2022.3.8

我眼中的孙宁生老师

从来银杏不负秋，如画山河任君游。
但为学子有梦想，七十古稀又何愁。

"颜老师，你们班的杨小平同学这段时间是不是没来上学呀？""孙老师，杨小平同学周末在家不慎摔伤手腕了，还没来上学。"孙老师用他不多的退休金资助茨营中学较为困难的学生，每个月每人发给100元的生活费补助，杨小平同学就是其中的一个。这几天要发钱给学生了，孙老师正在为没有见到这个同学着急，于是找到了杨小平同学的班主任颜老师。

"徐老师，你来我图书室拿抢答器去试试，看能不能用？明天就是读书日活动了。""好的，孙老师，我一会儿就来找您，辛苦孙老师了。"这是孙老师叫团委书记徐老师去他图书室拿几台抢答器。因为第二天是世界读书日，学校团委、语文教研组和希望图书室共同举办茨营中学世界读书日知识竞赛活动，孙老师向他们提供了几台抢答器。自从孙老师来我校支教以后，这样的活动每年都在进行。

"孙老师，你图书室门开着没？我把这几捆书送到图书室去。""正开着呢，王老师辛苦你了。""没有没有，我这就送上去。"这是王亚平老师从快递站拉书来去找孙老师呢。

这是今年4月21日，我在办公室门口见到孙老师为"4·23世界读书日"活动忙碌的情景。因为4月23日正好是星期六，我们寄宿制学校周末要放假，为了正常开展活动，学校决定提前一天办"4·23世界读书日"活动。

这是稀松平常的一天，也是孙老师平平常常的一天。

十多年了，孙老师就这样每天和我们在一起，十年如一日，他是如此执着，像一座大山坚守于此，坚守于我们云贵高原。

有幸认识孙老师，是在2011年2月初，那是大年初六，我接到了一个南京属地的电话，电话中孙老师做了自我介绍，说是来茨营中学支教，身边带着几捆图书，现在刚下火车，要先去得胜客运站，然后坐车前往学校。他说事先跟王校长联系过了，王校长给了我的电话说联系我。因为事先不知道这个事，和校长联系后我给孙老师回了电话。我在老家，离学校不远，两个小时后，我在镇上的公交车站接到了孙老师，孙老师带着几大捆图书。孙老师精神矍铄，像个小伙子似的，我们一起去了学校。

稍作休息后，我带着孙老师在校园里走了一遍，对学校情况做了介绍，孙老师选好了一个地点说准备建一个图书室。十多天后，孙老师带着几个工人模样的师傅，拉来了一些板房材料，盖了一个50多平方米的图书室。

因为是假期，我也没有经常陪着。过完年寒假结束，学校开学，我又去看孙老师时，图书室里已经摆满了几千册图书。那时，镇上还没有人做快递这一行，从南京捐来的图书只能寄到曲靖市里的快递公司。经此推测，为了保证学校这些孩子一开学就有个图书室，就能读到课外书，让学生们多个学习的地方，开学前这段时间，孙老师从学校到市里，再从市里到学校，不知往返了多少趟，流了多少汗，操了多少心，可孙老师却快乐得像个孩子。

自从盖好了图书室，有了这个根据地，事情变得一发而不可收。在孙老师的努力下，来自南京各中小学的大量课外阅读类图书被源源不断地运到了学校。真是太多了，我们老师和同学看着这么多书别提多开心了。

孙老师倾尽心血，为我们的孩子做了许许多多的事，除了联系南京各中小学校捐书，不断补充图书室的课外读物，孙老师还联系了许多亲朋好友等爱心人士，对茨营中学困难家庭学生进行"一对一"经济帮扶，帮助他们顺利完成学业。通常是爱心人士和困难学生结对子，每学期用汇款单的方式将资助款（400元到800元）送到困难学生手中。学生得到了捐助之后，定时向爱心人士汇报学习成果，给叔叔阿姨、哥哥姐姐写感谢信，他们之间建立了深厚的友谊。粗略统计，这些年来受资助的总金额有30多万元。学生们纷纷表示，一定努力学习，争取学有所成，等以后自己有出息了，一定要像这些爱心人士一样帮助需要帮助的人，把这份爱心传递下去。而这正是孙老师支教的初心。

这些受资助的学生中，我印象最深的是一个叫王雪瑞的同学。当时，她因母亲出车祸请假在家，孙老师得知情况后，马上去她家了解情况。在孙老师的帮助下，王雪瑞返校继续上学，后来考到了武汉轻工大学，现在在成都就业，已经自立自强。她表示，她也要把这份爱心传递下去。

这些年来，孙老师徒步走遍了我们茨营镇的每个村寨，走访了每个困难学生家庭。茨营的村村寨寨，都留下了孙老师的身影与足迹。

经济与物质的帮助，解决了学生一时之忧，更让孙老师心心挂念的是学生们的思想教育工作。在我们学校，无论是全校性的学生家长会、师生会，还是教学班级的主题班会，处处都留下了孙老师的身影与教诲。

孙老师来到云南曲靖，来到我们茨营支教，许多他在南京教过的学生、去国外留学的学生，都慕名前来，帮助孙老师。这期间有西安交通大学、美国纽约州立大学、澳大利亚墨尔本大学等国内外知名高校的学生前来支教。他们或来帮助修电脑，或整理图书，或教英语，或当班主任。这些学生的到来，大大地开阔了我们学校学生的视野，提振了学生的学习信心，帮助他们树立了远大的志向。还有南京名师朱建廉老师来给我们讲学，让我们印象深刻，我们非常感谢朱老师。

这几年，孙老师用爱心人士捐来的学习用具，办起了一个爱心助学超市，专门为困难学生免费发放学习用品。当领到自己需要的学习用品时，孩子们别提有多高兴了。

从支教，到脱贫攻坚，再到乡村振兴，孙老师倾尽心血，极大地拓展了支教的内涵和外延，他的博大胸怀，让我们看到了一个慈祥的父亲般的高大形象，孙老师早就和我们融为一体了。我们离不开孙老师。

孙老师的善举，受到了社会的广泛关注，小到我们本地的新闻媒体，大到《南京日报》、中央电视台等多家媒体都纷纷前来采访报道。在媒体的报道下，孙老师的事迹广为流传。前年，孙老师获得了"曲靖好人"光荣称号，去年，孙老师获得了"第八届云南省道德模范"光荣称号，云南省委书记亲自接见了孙老师，这样的荣誉还有很多，我发自内心地为孙老师高兴，为我们茨营中学有这样一位好老师高兴。

我很庆幸，我和孙老师真是有缘。在我们这个地方，几百年来，祖祖辈辈口口相传，说我们的祖先来自南京，具体地点是南京柳树湾高石坎（即今石门坎），让我们记住这个地方。2015年我在网上看到一篇文章，题目叫《曲靖人634年的南京情结》，文章从历史角度讲述了明朝洪武年间的人口迁移，读来令人感慨。前年，我和孙老师说起了这个情况，孙老师是教地理的，他回到南京后做了一些考证。虽然年代久远，地名有些变了，但他说依然可以找到这个地方。

说到南京，说到孙老师，我倍感亲切，也许就是因为历史和现实的缘故吧。

十多年了，一路走来，孙老师真心不容易。每当读起他写的《乌蒙山纪事》，看到他帮扶学生那点点滴滴的辛苦，我心潮澎湃，甚是感动。每每读到这些，我就提醒自己，一刻也不能松懈，我要好好向孙老师学习，用自己最坚决的行动、最踏实的工作，为学校发展尽可能多做一些事情。全校师生要团结一致，努力拼搏，用优异的工作和学习成绩回报孙老师。我们不要沦为一个旁观者，为了茨营中学的明天更加美好，我们要以满腔的热情去拼搏、去奋斗。

"是什么样的精神力量和信念，让你扎根在偏远的山区？"记者问。"一个人活着的价值，应该在于别人能从你这儿得到什么，如果我的努力能够帮助那些想读书而不能读书的孩子继续读书，在他们人生迷茫的时候，给他们一些关心和指导，能够给他们人生道路一些指引，我觉得这就是很幸福的事。"这是孙老师在接受采访时说的一段话。是的，孙老师做了他自己最想做的事。

> 答疑解惑破难忧，
> 无悔甘当老黄牛。
> 一腔热血传道义，
> 满腹经纶写春秋。

我觉得这是孙老师在我们这儿支教的真实写照，谨借此诗献给孙老师，愿孙老师在往后支教的岁月里，依然能开心快乐，身体健康，一切皆好！

云南省曲靖市茨营中学副校长　王书帮
2022年5月8日

孙老师的三句话

每个人在成长过程中，都会遇到一个人，他的出现、他的言行可以影响你的整个成长，甚至能够改变命运。

孙老师于我，就是这样的一个人，他说过的话、做过的事，我时刻铭记于心，在无数个迷茫、气馁的日子里，正是这些言行激励着我勇敢前行。尤其是他曾说过的三句话，在无数个日子里为我照亮了前行的路！

孙老师对我说的第一句话，让我顺利完成了九年义务教育，考上了一个不错的高中。那是2011年4月，孙老师刚来茨营中学不久，当时我还是一名初一学生。当时妈妈出了车祸，哥哥只有2个月不到的时间就要高考了，家里没人能去医院照顾她，于是我便担起了这份责任。随后，因为妈妈未完全康复、家里农活实在繁忙，我便连续请了几天假，没想到这件事居然让孙老师知道了。孙老师担心我因请假过多耽误了学业，进一步导致辍学，于是他第一时间与学校几位老师一起到我家进行了家访。那天下午，阳光明媚，在我家那不算明亮的堂屋里，孙老师坚定地对我妈妈说："一定要让王雪瑞坚持读下去，有经济困难和我说，我来解决！千万不要让她辍学！"

当时的我，未曾想过辍学一事，所以并没能立即真正理解这句话的力量之大。多年以后，每每想起那个下午，我总是不知不觉湿了眼眶。若不是孙老师，我大概真的有可能被迫中途辍学，他为我提前想到了我没想到的后果，并用实际行动做到了防患于未然，真正地帮助了一个女孩去一步步实现她的梦想，让她有了走出大山深处、改变命运的机会！这是一件多么伟大的事！

孙老师的第二句话，让我在高中最想放弃的时候有了坚持的勇气和动力。高中的知识不像初中那么容易吸收，加之城乡教育上存在明显的差距，我学习起来更加吃力，我一直努力想要提高成绩，却总是处于班级的中下游。久而久之，我开始怀疑自己，甚至有过放弃的念头。在我即将泄气的时候，我看到了孙老师在《讲述》这个采访节目里说："如果（身体条件）许可的话，王雪瑞大学毕业，我应该能看到的。"

那段时间，我整个人都很沮丧，心态很悲观，找不到前进的动力，日记写了又写，学校老师也在不停地鼓励我，但我总找不到那股力量。直到一个星期天下午，我如往常一样在教室写作业，班上同学在网上搜索到了孙老师的这个采访，出于好奇，他们播放了这段节目，我坐在座位上听到了这句话，一瞬间便找到了动力！

那个时候，也是孙老师身处困境的阶段。为了让茨营中学的学生中午能够徜徉在知识的海洋，孙老师多年来刻意延迟了自己的午饭时间，经常快下午2点才能吃上午饭，长期的饮食不规律让他的身体亮起了红灯。与此同时，孙老师的夫人王冬英老师被查出了乳腺癌。在这样两难的境遇中，孙老师还想着我们这群孩子，还想着看我念大学、参加工作……

在孙老师心里，他就没想过我会考不上大学，这是要有多相信我，才能这么肯定？亲爱的朋友，试想一下，如果您是当时的我，还有理由不坚持下去吗？因此高考我坚持下去了，大学期间遇到困难与挫折时，孙老师的这句话同样萦绕在我耳边，激励着我勇敢地去面对并战胜这些困难。

2020年，我在武汉结束了我的大学生涯，之后，我选择离开家乡和武汉，到了一个新的城市——成都。正如高尔基在《我的大学》中写的那样，离开了学校，开始踏入"人间"，迎来了我成长旅程中的又一个转折点。

刚毕业的大学生，心里总是满怀期待，但现实总是事与愿违。像我这样的"漂一族"，在外"流浪"久了，不想家那是不可能的！尤其前段时间孙老师在电话里跟我说："我们王雪瑞一直都很棒，等下一次你回家探亲了，希望我们能有机会见一见。"听到这句话，我想回家的欲望更强烈了！我想，任谁听了这话都会忍不住感动吧！这是我要记录的孙老师对我说的第三句话。它让在外漂泊的游子心中升起一股暖洋洋的力量，多了一份牵挂，更找到了回家的路。它召唤出了一个少女的初心，更唤醒了她炽热的赤子之心。吃水不忘挖井人，一个人的心里一旦有了挂念，慢慢地也会有了信仰，一旦有了信仰，这个人就一定会锲而不舍地为之努力。

如果说，孙老师的第一句话，给我带来了雪中送炭的温暖；孙老师的第二句话，是我身处黑暗时的指路明灯；那么，第三句话，就是给我平淡的生活里加了一勺蜜。

这三句话，激励着我不停地挑战自己的极限，不断地激发出自己的潜能。当然，孙老师带给我的"福运"远不止这些，他一直跟我说："要多读书，开阔自己的视野。"虽然我没做到博览群书,但我始终坚持读书,不停学习。孙老师知行合一、意志坚定、坦然通透的品质也无时无刻不激励着我脚踏实地、勇敢地去追逐自己的梦想!这些,都是我成长路上宝贵的财富。

最后,我想对孙老师说一句:在我花季般的年纪,能够遇见您,真好!

希望我们无数个孩子最最最敬爱的孙老师和夫人王老师能够健康长寿,我也希望在我将来穿上婚纱的那一刻,孙老师能够在我成长途中烙下又一个印记!

云南省曲靖市茨营中学1001班　王雪瑞

目 录

序 ……………………………………………………孙洪庆

我眼中的孙宁生老师 ………………………………王书帮

孙老师的三句话 ……………………………………王雪瑞

1. 我来到了乌蒙山 ………………………………… 001
2. 农村的孙女 ……………………………………… 008
3. 希望图书室 ……………………………………… 016
4. 爱思考的学生 …………………………………… 022
5. 好样的袁志芳 …………………………………… 029
6. 培训支教志愿者 ………………………………… 038
7. 我也是志愿者 …………………………………… 045
8. 迷途知返不为晚 ………………………………… 050
9. 辍学的袁丽 ……………………………………… 055
10. 勤奋刻苦的王姝烨 ……………………………… 061
11. 读书，才能改变命运 …………………………… 069
12. 张艳和她的干妈 ………………………………… 074
13. 乌蒙山区的贫困户 ……………………………… 081

14. 图书给孩子们带来希望 …………………………………… 088

15. 到吴关村走访 …………………………………………… 099

16. 学生阅读情况的分析 …………………………………… 103

17. 田字格助学机构 ………………………………………… 114

18. 读书知识竞赛 …………………………………………… 122

19. 帮陈东艳填报志愿 ……………………………………… 127

20. 胡豪考上了高中 ………………………………………… 133

21. 段佳乐上大学啦 ………………………………………… 138

22. 命运多舛的刘自红 ……………………………………… 144

23. 任性的蔡小粉 …………………………………………… 150

24. 在初三班会上的讲话 …………………………………… 156

25. 贫困学生的谈心课 ……………………………………… 161

1. 我来到了乌蒙山

小学自然课上，我知道了喜马拉雅山、泰山、秦岭、太行山和南岭，并且能在中国地图上找出它们的位置。我第一次知道"乌蒙山"却比较迟。1964年我从建邺区第一中心小学的图书室里借了《毛主席诗词》，读了毛泽东写的《七律·长征》一诗，才知道乌蒙山是红军长征时经过的著名山脉，但为什么说它磅礴，当时并不理解。没想到过了47年，也就是2011年，我竟然到了乌蒙山山区的中学和小学进行长期的义务支教，长年与乌蒙山山区的山山水水为伴，与乌蒙山中的村民和孩子们为友，逐渐融入了这座地跨云贵两省、南北长达250千米的大山之中。也许，我人生的最后一段时光，也会在乌蒙山山区里度过。

至今仍清楚记得2011年1月发生的事。

2010年12月，我就从南京师范大学附属中学（简称"南师附中"）人事秘书那里知道，她正在为我办理退休的相关事情，按惯例这时我就可以回家休息或干自己的事了。因为学校招生办公室人手紧张，负责招生工作的王老师在休产假，我作为老招生工作人员就继续在招生办公室处理日常事务。2011年1月10日，休产假的王老师销假来上班，按照学校的安排我就正式退休了。在南师附中工作的最后这十来天，我比平常下班要迟一些，因为我还要筹备退休后的另一项谋划已久的事情，那就是去云南义务支教。我从网上查找了南京到云南的火车时刻表，又从网上查看了曲靖的地图，还从"希望工程"讨论版上抄下了曲靖地区的希望学校的一些资料。下班回到家我也比平常忙，和老伴商量支教要带哪些东西，我列出了一张清单，按清单一样样地收拾好放进旅行箱里。

2011年1月9日是星期天，我到南京新街口香港城的火车售票处买了张13日南京到曲靖的卧铺票。1月10日星期一，我还专程到中国民主同盟南京市委员会（简称"民盟南京市委"）开了张支教的证明，因为云南毕竟是边境省份，我觉得有个证明能稳妥一些。

2011年1月13日下午，我挤上了K155次列车。按列车时刻表，1月15日早晨6时就应该到达曲靖。进入贵州境内不久，列车广播通知列车晚点。15日晨8时许，列车抵达云南曲靖站。我将行李放在招待所，买了份曲靖地图。拨打了当地的114查号台，报出我想查找的学校，服务员告诉我曲靖希望学校的电话号码。按照号码打过去，一位中年女性告诉我，学校在曲靖城东的东星小区。15日下午我花了一个半小时找到这所被建材商店和汽配工厂包围的学校，才发现"曲靖麒麟希望学校"是所民办的高中，不是我要想去支教的希望学校。

记起2007年曾有人在网上公布过全国需要资助的希望学校名单，除曲靖希望学校外，曲靖市（后来才知道其实是麒麟区）内还有两所办学条件较差、需要帮助的学校，一所是曲靖茨营乡希望中学，另一所是曲靖茨营乡红土墙希望小学。我想通过电话先联系一下，但是曲靖电信114查号台的回答都是"没有您需要的资料"。既然两所学校都有茨营这个地名，我决定干脆去茨营打听。问了位出租车司机，他说茨营乡离城区有50多里*，可以到城南农村客运汽车站乘坐农村客运车，来回需要三个小时左右。

曲靖的朗目山

---

* 里，中国市制长度单位，1里为500米。

1. 我来到了乌蒙山

1月17日上午，我坐上了开往茨营的农村客运车。因为满员，中途车上不再上客，直达茨营。虽然是山路，但坡度并不太陡，路况比我想象的好，沿途的植被长得不错。问了司机，他说我们经过的山叫"朗目山"，在乌蒙山最南端。车行1小时20分钟后到达茨营乡。茨营中学在乡政府东南方向的山坡上，大约有3里路。我按照人们的指引，沿着刚修好的柏油路，终于到了校门口。

五十来岁的门卫非常负责，拦下我要求登记，还要说明进校的事由。我拿出工作证和身份证让他审查，他有些怀疑："谁派你来的？有教育局的证明吗？"我说没有人派，也没有教育局的证明。他说："没有证明，我知道你想来干什么呢？"好说歹说他同意我进去。学校正在考试，我找到政教处，向主任蔡老师说明来意：我想来支教，想捐赠一些图书。过了一会儿，校长到了，他说支教要由教育局统一安排才行。我拿出民盟南京市委的证明给他看，这位王德寿校长说："我知道民盟是民主党派，欢迎你来支教。我们学校条件很差，孙老师年纪大，恐怕吃不消吧？"

王德寿校长说，学校目前确实有许多困难，这些困难主要有三方面，第一是资金的巨大缺口，第二是师资的缺乏，第三是学校设施的不完善。我提出我的想法："我个人的能力确实很有限，学校二百万的资金缺口我没有办法解决。但是，我可以做一些力所能及的事，如在一定时间内募集图书杂志，为学校建一个图书室；我可以为学生们上地理课、历史课、政治课；我还可以想法筹集旧电脑，让山里的孩子们也知道如何使用电脑……"王德寿校长再一次表示欢迎，但也透露出对我能否实现愿望的担心。我说道："王校长是个审慎的领导，我觉得实现我的愿望虽有困难，但经过努力是有可能实现的。我准备在2月24日前筹集200~500本可供初中生阅读的图书，并运到茨营中学，争取在三年内使图书的总数达到2000本，使全校1800名学生平均每人一本，并且由我本人担任图书管理员，不会增加学校的人手和工资负担；同时，想法筹集一些旧电脑，但我没有把握列出数量和时间。"

当天，我让同事在南师附中布告栏里和校园网上发一条倡议："希望教职工尽己所能，选择一些适合初中生阅读的书籍捐给茨营中学，一本不嫌少，百本不嫌多。希望收集的图书最好是三类：科普读物，能增加农村学生的知识；励志书籍，使农村学生建立自信；中外名著，拓展学生的阅读面。"自此，我在乌蒙山区的义务支教拉开了序幕。随着支教生活的延续，我对乌蒙山区的自然环境和人文活动的了解也越来越多。

威宁的那多山

由于自然条件差和交通不便，2021年之前，乌蒙山区的许多地方都属于贫困地区。这些年来，我待过的云南省曲靖市麒麟区茨营镇和贵州省毕节市威宁彝族回族苗族自治县哈喇河镇，以前都是贫困乡。相较而言，贵州省毕节市威宁县哈喇河镇的贫困程度更深一些。威宁县地处乌蒙山山区的主脉，平均海拔2200米，主要是彝、苗、回等少数民族聚集区，哈喇河镇的海拔2300米，我所在的"田字格小学"海拔2560米。曲靖市麒麟区茨营镇处于乌蒙山的最南端，平均海拔1880米，再向南就是云贵高原上最大的平地——陆良坝子。

2011年1月我初到云南省曲靖市麒麟区茨营乡，那时还没有大规模开展农村贫困户的建档立卡工作。我就自己琢磨出了一套方法，自己到学生家一家家地走访、询问，然后按我制定的评价标准区分出贫困户。我当时定出的贫困户标准是：

（1）家中无汽车、拖拉机等大型运输工具；

（2）家中无拿固定工资的公务员及事业单位职工；

（3）目前人均年收入低于3000元；

（4）家中有长期卧床的病人。

确定出贫困户后，我联系我的朋友、学生给予这些贫困户正在上学的子女经济资助，我还把这种贫困户评价标准提供给了一个民间公益组织——"田字格助学"。

后来，我又到贵州支教。2013年底，我在贵州省毕节市威宁县哈喇河乡担任田字格小学校长时，曾经接到县教育局通知，要求学校组织贫困学生家庭的登记工作，文件提出，凡学生家庭人均年收入在1900元以下的，由村委会开具证明，学校造表登记，并报县教育局。记得当时"田字格小学"全校学生中有50%属于贫困家庭。听县政府的官员说，那时威宁全县贫困人口占总人口的20%以上，是贵州省14个深度贫困县之一。

2014年1月，我从威宁返回云南省曲靖市麒麟区茨营镇，此时茨营全镇已经开始贫困户的排查、甄别、建档工作，这次有市县（区）工作队参加的入户调查，工作比较细致，且要张榜公示，我觉得也比较公正，谎报家庭收入和村干部厚亲重友现象很少。当时麒麟区扶贫办公布的贫困户标准是人均年收入低于2736元，当年全区农村人均年收入为8020元。麒麟区公示的建档立卡贫困户共有3077户，其中茨营镇为750户，从乡政府得知，茨营镇那年的贫困人口约占总人口的9%。

2011年1月到2020年5月，受我们资助的学生（曲靖290人、威宁5人）90%以上都是建档立卡贫困户。另外的几十名学生家庭经济水平不高，孩子的学习潜力大但家庭担负不起上大学学费的，我也帮助联系了南京、上海的一些爱心人士给予资助，他们大多进了大学。

我认为，贫困与否和文化水平的高低肯定有关系。我所认识的茨营建档立卡贫困户，家庭成员中60岁以上的，没有一个人读完初中，半数以上是文盲。受文化水平的限制，这些人的见识、思维方式和观念，都不太能跟得上社会发展，对新事物、新政策的理解较慢。一位与我同龄的老太太，是操持农活和家务的好手，祖孙三代的六口之家，都听她指挥安排。2012年我到吴官村她家走访时，问她为什么不参加新型农村合作医疗（简称"新农合"），她说家里人身体都不错，每年交的钱不是都白交了吗？我提醒她："万一家里哪个人生次大病，你哪里能拿出一大笔钱去看病？"她说不会的，家里人肯定不会生病。2014年我从威宁回到茨营后，她与女儿、孙女到学校找我，想让我帮她家去乡里办手续参加新农合。她说2013年她那上初中的孙女病了，昆明医院诊断为腹膜肿瘤、肾积水、重症肌无力，需要立即手术。几个月时间，治疗费花了几万元，由于没有参加新农合，这笔巨款只能由自家负担，她家也因此成了贫困户，这时她后悔莫及。

　　云贵高原地形崎岖、石漠化严重，农作物产量低，但山坡上生长的野草、灌木及农作物秸秆，可以用来饲养珍稀畜禽，如珍珠鸡、鹌鹑、野鸡、布尔山羊、可繁殖母牛、梅花鹿等，并且农业银行还可提供无息贷款购买种畜、种禽，其经济收益都远超过种玉米、土豆。我在威宁就了解到，饲养珍稀畜禽的农户，有的第二年就可归还贷款本金，第三年就能脱贫。但是，珍稀畜禽饲养的技术要求高，许多贫困户无法掌握这些技术，再加上交通不便，县级农科站、畜牧兽医站不能经常上门指导，饲养方法难以推广，种畜、种禽死亡率高，延滞了脱贫。我还看到，由于文化水平低，无法区分和正确使用各种农药、肥料，云南、贵州的不少贫困户只能在蔬菜公司、食用菌栽培基地从事单纯的体力劳动，所得报酬也是最低的，脱贫的速度也就慢了。

我身边的小伙叫丁小保，2016年8月考入天津城建大学

扶贫离不开教育。在云南和贵州的这10多年里，我都坚持向农民及其子女宣传：上学读书，是阻断贫困代际传递的根本手段和最有效的措施，是脱贫的治本之策。我告诉他们，一个六七岁的农村孩子，经过12~16年的学校教育，能成为一个高中生、大专生甚至是大学本科生，就可能得到一个体面的、有尊严的工作，就能有高出务农几倍的稳定的收入，就可以使全家的生活发生重大改变，实现彻底脱贫。2011年到2020年的这10年里，茨营中学的贫困户学生中，有2人进入了大学本科（0809班关向东，考入云南林业大学；1001班丁小保，考入天津城建大学），2人考上大专（1007班刘榕，考入云南丽江学院；1105班丁旭旭，考入云南经济管理学院），3人目前在星级高中读书（2年后都有可能考入大学本科），初中在校的也有几个能进入星级高中。这些贫困户的孩子真的非常的不容易，他们是家庭的希望。但是，他们仅仅只占茨营中学建档立卡贫困户学生人数的3%，还是太少了。

在回答朋友们我为什么到乌蒙山义务支教时，我常用一首诗作为回答：

雄心老去未颓唐，乌蒙山中支教忙，
十年风雨泥泞路，三百乡童沐书香。

退休以后，还能为乌蒙山区农村教育出点力，成为孩子们的引路人，我感到很高兴。

2. 农村的孙女

2020年5月25日，我的手机铃声响起，"爷爷，我们学校明天开学，我想到茨营中学来看看你，我已经到校门口了。"这是贾文娟，我在茨营认养的孙女。

我第一次见到贾文娟时她还是小学生。2011年2月底，我到贫困学生家走访，来到了距茨营中学约2千米的下贾家营村。茨营中学的班主任们向我提供了各班的贫困生名单及其家庭住址共300多个，其中贾雪瑞、贾佛仙两人的住址一样，我估计她们是一家的。果然，我敲门进屋时，见到了这姐妹俩。她们的父亲是招女婿，所以她们跟妈妈姓贾，父亲长年在外地建筑工地打工，大多时间是做电焊，这是技术活，工资高一些，每月有2000元。我感到奇怪，父母都年轻力壮，还有务工收入，怎么会家庭经济紧张呢？贾雪瑞说，她还有一对弟弟妹妹，是双胞胎，父母要养活她们姐弟4个，还要赡养90岁的老祖（曾祖母）。正说话时，门被推开了，一个小姑娘拎着一只木桶进来。见到我这个生人，她有些不知所措，两只手搓来搓去。贾雪瑞说这是她小妹，叫贾文娟。我让贾文娟在纸上写下了她的名字，她渐渐地不紧张了，在旁边听我们谈话。

询问完贾雪瑞、贾佛仙她们的学习情况后，我提到，如果她们能考上公办高中，我会联系我的朋友们继续资助，希望她们与资助人保持良好的联系，我告诉她们要知道感恩，要经常与资助人交流。在我准备离开时，一旁的贾文娟突然对我说："老师，你在我家吃饭吧。"说着，端出一碗蛋炒饭来，也不知是她什么时候做的。望着小姑娘诚挚的眼神，我没有拒绝，说了声"谢谢你"。蛋炒饭里盐放多了，但是放了较多的葱花和猪油，味道不错。我问贾文娟上几年级了，她说暑假后就要进中学了。我问："你愿意到图书室做志愿者，义务为同学们服务吗？""我愿意。"从那以后，贾文娟就和我成了无话不谈的忘年交。

2011年3月，一位江苏的退休老师给贾雪瑞寄来400元。2011年底，我联系了上海的"一对一助学家园"的杨娟英女士，告诉她贾佛仙的情况。不久贾佛仙告诉

2. 农村的孙女

我，杨女士给她寄了钱，还写了信鼓励她努力学习。之后，杨娟英陆续给贾佛仙寄过书籍、衣服，2013年还专门从上海到曲靖茨营看过贾佛仙，并承诺将一直资助贾佛仙到大学毕业。2016年7月，贾佛仙被云南师范大学化学化工学院录取。

贾文娟是个勤快的小姑娘。她妈妈在镇上租了间房子开小吃店，星期六、星期天时，她经常在小吃店里帮忙。我老伴说她好几次经过茨营，都见贾文娟在店里洗碗、包馄饨，忙得额头上满是汗水。我每次到贾文娟家时，两个姐姐基本都在复习功课，而贾文娟总在忙家务，不是喂蚕，就是洗菜、做饭、洗衣服，或者是喂猪。新盖的房子没有猪圈，猪养在原来的土坯房里，她要拎着猪食走上一段约200米的小路。贾文娟的曾祖母住在老房子隔壁，贾文娟喂猪时就去看看这位90多岁的老太太。老太太曾经对我说，她最喜欢这个曾孙女。2014年秋，曾祖母去世，贾文娟伤心异常，对着曾祖母的床铺放声痛哭。西安交通大学的学生们到茨营时，我安排了几个大学生到贾文娟家走访，大学生们跟着贾文娟到山上采摘桑叶，他们说一筐桑叶可能要比贾文娟的体重还重，他们背上筐都无法站起来，而贾文娟常常一口气背上满筐桑叶走上三四里路。不过我发现贾文娟由于长期背负过重，背已经有些驼了。

贾文娟并不聪明，也没有什么特长，学习成绩只能算中等，但是她很关心班级。2012年五四青年节时，她告诉我要参加舞蹈排练。我问："你学过跳舞吗？""没有，班上会跳舞的女生不多，我去凑个数吧。"文艺汇演那天我是评委，我觉得贾文娟和几个同学跳的彝族舞还不错，她演出后穿着演出服和我照了张相。

贾文娟人缘很好，从不对别人发脾气，也愿意帮助别人。一天，贾文娟告诉我，她的同桌杨丹是彝族小姑娘，也想到图书室来为同学服务。我征询贾文娟的意见，她极力推荐杨丹，说杨丹学习成绩好、人老实、不爱说话但喜欢看书。果然，杨丹在图书室为同学服务时勤勤恳恳、任劳任怨，深得同学好评。

贾文娟的妈妈听说有人资助她的两个女儿读书，非常感激，每次见到我都要说上几句感谢的话。她告诉我，三个女儿都很听我的话，现在学习更加刻苦了。我笑着说："你这几个孩子各有特点，大女儿精明，二女儿聪明，三女儿本分，小儿子受宠。"当谈到儿女的教育时，她叹了口气："四个孩子上学的开支实在负担不起……"我对她说："再难也要让孩子多读些书，现在两个大女儿有人资助了，小儿子的上学费用由你们夫妻俩负担，贾文娟上学的事就由我承担吧。"她连连说不行，贾文娟不

2012 年演出后，贾文娟和我照了张相

能再让我烦神了。我说："我没有孙女，让贾文娟当我的孙女，爷爷负担孙女的学费是顺理成章的事。你舍不得让贾文娟当我的孙女吗？"这位识字不多的农妇流泪答应了。在学校里，我把这事告诉了贾文娟。"你愿意当我的孙女吗？""愿意。"

2014 年上半年，贾文娟就要参加中考了。她的文化成绩不是很好，有时有的学科考试还有不及格的。我问她："初中毕业后你想上什么样的学校呢？"小姑娘的回答是："我不知道。"我对她说："每个人都应该有一个目标，有了目标就有了方向，才能向着它努力。没有目标，就像是闭着眼睛走路，闭着眼只能是东摸西撞，弄不好还会跌跟头。你看你大姐，她就非常明确地表示想上大学，你二姐也是，她想上医学院，将来做医生……""两个姐姐都比我聪明，学习比我用功，我上不了大学。即使我能考上大学，爸爸妈妈打工也没法凑足我们上大学的学费。"我说："不能因为经济原因就不用功读书，多读书能改变人的命运，初三阶段最后这几个月你千万不能松懈，要尽自己最大的努力。我已经对你妈妈说了，这季养蚕就不要你去扯桑叶了，这样你能多些时间复习功课。如果中考能考上高中，我想办法替你解决学费；如果达不到高中投档线，就上职业高中，好吗？""我不知道上哪个职高好。""所谓好与不好，是因人而异的。对你来说,要考虑自身条件、家庭经济能力,还要考虑将来的就业情况。有时间你可以跟爹妈、姐姐们商量一下。"

初三学习紧张,中午图书室开放时贾文娟、杨丹仍然经常到图书室来。当借书高峰过去后,贾文娟就抓紧时间做作业。她常和我谈起中考,我建议她可以考虑报考职业学校的护理、幼儿师范、服装制作与设计这几个专业。贾文娟、杨丹两个小姑娘都倾向于学护理,她们觉得现在农村医疗事业发展快,城里的养老机构也在增加,护理人员需求量在增大,将来就业可能容易些;而且有条件时,还可继续在曲靖医学高等专科学校读大专。

2014年4月2日,茨营中学进行中考体育测试。有的学生家长来送考,贾文娟、杨丹的家人都来不了,我就到考场上去给她们鼓鼓劲,给她们带了几块巧克力。

轮到贾文娟排球测试时,我叮嘱她不要慌,垫球时要稳,注意风向对球的影响,只要不失误,肯定能过关。果然,贾文娟顺利地通过了这个项目。

非常凑巧,800米中长跑时,贾文娟、杨丹分在一个组。这两个姑娘体质都不错,经过一个月的训练,跑步时速度掌握及呼吸调节都做得不错,尤其是杨丹,她腿长步幅大,跑第二圈时已经是小组第二,贾文娟紧紧跟在她身后,她们都在规定时间里到达终点。

挂6号胸布的是杨丹,3号是贾文娟

文化考试是我一直为贾文娟担心的，平常贾文娟的成绩在年级里也就排在 200 名左右，按过去几年茨营中学的中考情况，每年全校达到高中投档线的一般在 100～150 人，她很可能过不了高中投档线。为此，我经常检查她的语文作业，分析出错的原因，有时也看看英语的作业。

　　6 月底中考结束后，贾文娟告诉我她各门考试的情况，说会做的内容她觉得都做出来了。我让贾文娟做好读职业学校的准备。

　　中考后，我要求贾文娟每天除了养蚕、做家务外，还要学习使用电脑。我把自己的笔记本电脑借给她，让她学习 word 文档的输入、编辑，规定她一星期要用电脑写一篇读书笔记。

　　中考成绩公布时我不在云南，贾文娟用她妈妈的手机打电话告诉我她的成绩，她考的分数没有达到曲靖公办高中的投档线，她准备第一志愿就填曲靖的护士学校护理专业，我表示同意。在电话里她还告诉我，杨丹的总分比她高一些，杨丹想第一志愿填昆明护士学校，想征求我的意见，我觉得可以。不过我让贾文娟转告杨丹，第二志愿要留出较大的空间，第三志愿一定要能保底，建议她在"是否服从调剂"栏里填"是"。

　　一个月后，贾文娟带着她的录取通知到茨营中学找我，她已经被曲靖护士学校录取，杨丹也录取在这个学校的护理专业，她们是中专加大专，学制为五年，前三年不交学费，后两年每年学费 3000 元。

　　护士学校开学前的星期天，我领着贾文娟进城，替她买了一个书包、一个拉杆箱和一块电子手表。贾文娟悄悄对我说："拉杆箱太贵了，我们别买了。""拉杆箱能装好多东西，还能上锁，你肯定需要的。你赶紧挑选一个你喜欢的颜色。"曲靖百货大楼售货员问我："这是你孙女吧，要上高中了？"

　　我还替贾文娟买了手机，让她有事联系我。我把认贾文娟做孙女这事告诉老伴，她挺欢喜："认贾文娟做孙女，我们沾大光了，她会做好多事，学护理好哇……"

　　我把曲靖城里的住址告诉了贾文娟，还告诉她将来实习时，可以申请到麒麟区医院实习，我的住房就在区医院对面。

　　遇到节假日，贾文娟有时会到家里来看我和老伴。2015 年夏天，她和杨丹一同到了我家，我发现两个学生不知不觉都长成大姑娘了。我和她们谈起课余时间安排，

2. 农村的孙女

2015年夏天，贾文娟和杨丹来到我家

建议她们多读些中外名著。

"多读书会使人明白如何做人，能使你们更好地融入社会。"我对两个姑娘说。

"我们应该读哪些书呢？"贾文娟问。

"可以先从一些中国古典名著开始，比如《红楼梦》《三国演义》等。"我从书橱里把我常看的《红楼梦》拿出来给了贾文娟。

几个月后，我又和贾文娟谈到看书这事。当我问她看了《红楼梦》有些什么收获时，她说记住了一些人的名字，别的就没有什么太深的印象了。

"你这样读书只能算是泛读，有些书还需要精读。精读时要准备本子和笔，看到精彩的内容，用笔记下来，慢慢领悟。读书不能图快，不能只图数量不管质量。比如《红楼梦》中，除了有许多好诗词外，也有很深的哲学思想，你发现没有？"

贾文娟老实地回答："没觉得。"

"书中的《好了歌》和《好了歌解》都有哲学内容呢，为什么笏满床的做官人家成了陋室空堂，为什么歌舞场变成了衰草枯杨，这都说明事物都会发生变化的。"

"我看书时好多东西都记不住，该怎么办？"

"看书时精力要集中，要全神贯注；有些内容可以多看几遍，或者用笔记下来。《好了歌》我就是在38年前先记在本子上，然后背下来的。"

2016年春节，贾文娟到茨营中学来看我，给我送来两块猪肉。她告诉我，期末考试她的专业课和文化课都还不错，没有不及格的科目。我表扬她学习上进步快。告诉她毕业前她们要参加护士资格考试，要在专业知识上多花些时间，这样进入医专学习时困难就会小一些。我让她多参加一些学校的社会实践活动，她说她参加了学生会干部的竞选，现在是学生会的安全委员，负责检查学生宿舍的纪律。

2018年10月，贾文娟到曲靖市第二人民医院实习，我到医院看过她几回。谈到实习的感受，她觉得除了要提高业务技术，还要有爱心、耐心，这样才能把工作做好。她还告诉我，在产科病房，有些病人家属听到生的是女孩，竟然立马回头走人，她感到很痛心。不知不觉间，这小姑娘会思考问题了。她说已经向几所医院投了自己的应聘材料。我告诉她，这几年就业形势比较紧张，要多做几手准备。

2019年春节，贾文娟告诉我，不久有专升本的文化考试，我极力动员她报名参考："这是个极好的机会，能接受大学本科教育，就能使你上到一个更高的平台。"当然，我也知道，专升本的名额很少，只有3%的录取比例，希望贾文娟能脱颖而出。

专升本最后一场考试刚一结束，贾文娟就打电话告诉我，题量大，时间紧，但她基本上都做完了，许多考生没做完。真不容易呀，一个中考未达普通高中线的女孩，没有任何的课外辅导，全凭自己努力，如果能进入大学本科深造，那也是个奇迹了。

几个星期后，接到贾文娟的电话，她考试达线了，想报昆明学院（原昆明教育学院）的特殊教育专业，这个专业与她大专学的护理有些联系。我提醒她，这样一来，教育学、心理学就是她的薄弱环节，要抽时间补上。

2019年9月，我到昆明参加民盟第七届教育论坛，抽时间到昆明学院去看了看贾文娟。特殊教育专业像她这样的专升本学生共有10个，基本上都是云南本省的，从各方面情况看，她已经适应了这个新的学习环境。

在昆明学院与贾文娟合影

突如其来的新冠疫情，打乱了大学的正常教学，2020年2月下旬，贾文娟开始在家上网课。贾文娟告诉我，5月26日昆明学院全面复课。这学期她学的是大三的内容，下学期就要实习，她有可能到曲靖的一所学校实习，然后要写论文，准备论文答辩。从谈话中可以看出，她现在比2011年我第一次见她时自信多了。

加油！我的孙女！

3. 希望图书室

支教活动必须讲诚信，既然向茨营中学校长承诺在一个月左右的时间里为学校筹集图书，我就应该立即行动。

2011年1月18日我发到南师附中校园网上的募集图书的消息，很快就得到全校师生的响应。当天，黄健翔（1985和1986年我教过他）在他的微博上转发了我募集图书的信息。不久，我的母校——南京市第一中学的校友们（尤其是和我一起插队的知青朋友）也为茨营中学开展了捐书的活动。仅仅一个月时间，我收到的图书超过6000本，由于茨营中学原来没有图书室，这些书被我堆放在茨营中学的行政办公室、教务处和政教处。我请学校王校长考虑图书室的位置，他说学校教室本来就紧张，实在腾不出地方。我又提出，在学校没有空余房间的情况下，我可以自己出资建活动板房图书室。王校长告诉我们，他和几位主任商量，同意由我在校园内挑选建图书室的地点。听到这话，我喜出望外，立即拉着王校长去实地落实。

实际上，前段时间我已经动过自费建图书室的念头。茨营中学建在山坡上，能建房子的地方不多，我看过的几处地方面积都太小，也就18到22平方米。一处太靠近水龙头，水会把书淋湿；另一处在初一教室的斜坡下，靠近篮球架，太吵。王校长提醒我说，不如建在学生食堂的二楼。我登上餐厅二楼一看，平整的楼面，开阔的视野，东邻校长室，西靠总务处，真是块宝地。

"真的能让我在这里建活动房？"我还是不放心。

王德寿校长回答："我不开玩笑。"

当晚，我就和昆明的几家活动房建筑公司联系。有的公司觉得业务量太小，或是路程太远，不愿意接这活。到晚上9点半，终于一家名为"方亮建筑公司"的公司表示愿意接这项工程，我担心夜长梦多，请他们第二天就来勘察。

2月26日，我将原先的家访计划改期，与"方亮建筑公司"保持着不间断的电话联系，在我的指引下，他们顺利地到了茨营街上，当看到挂着云A车牌的汽车时，我招了招手，车就停了下来，果然是方亮建筑公司的人，一位是公司经理徐方亮，另一位是工程师徐风祥。我和二位师傅一直驱车进入茨营中学。经过一番讨论、丈量后，徐工程师告诉我，建成的活动板房能有 52 平方米。太好了！这差不多有一间教室那么大，别说 4 个书橱，再加 4 个也放得下。

这位徐风祥工程师是湖北人，快 50 岁了，他问我这个江苏人为啥到云南来，听我说完我想做的支教事情后，他对我说："2008 年我到过汶川地震灾区建活动板房，看到过救援的志愿者，我佩服你们，中国需要你们这样的人。"他还告诉我，徐方亮是他的儿子，他们也想为茨营的学生们做些善事。当我们商量板房的造价时，我老老实实告诉他们，我还要到曲靖市内购买书橱，安装各地运来的旧电脑时还需从外面请人进行维修，而现在手头能机动的资金总共只有 34000 元。徐工深思了一会儿，说："这样，你只需要付给我板房的材料费、汽车的运费和小工们的工资就行了，34000 元中你留下 6000 元买书橱和修电脑，行不行？"我连连说："行！行！"我俩用皮尺又一次仔细丈量了尺寸，讨论了在何处开门、何处开窗，徐工在笔记本上绘制了板房示意图。对一些细节问题，如门的大小尺寸、窗户装防盗栏、电路安装等，他提出的设想我基本上都采纳了。为了不影响学生们的正常上课，我希望他们能利用星期六和星期天搭建，他也答应了。

我将对房屋的具体要求归结为：防雨、防风、防鼠，采光要好，接缝处铁皮不能有毛刺，室内能安装电灯。徐工一一答应，并说好按我的要求在 3 月 5 日周六和 3 月 6 日周日这两天运材料安装，绝不影响学校正常教学。我郑重地在合同和设计图上签了名。

来到云南曲靖后，各方面经济开支较多，建造图书室的资金从何而来？幸好我早有预见，让南师附中校财务科的许宁（他也是教工志愿者）将我的住房公积金（约 34000 元）打入了我的退休工资卡上，只要我能在曲靖找到一家工商银行，就能异地取款。住房公积金用来建活动房，专款专用，天经地义的事。

2011 年 3 月 5 日，是我最开心的一天。

当天早晨起床写好工作笔记，我联系了需要领取图书的快递公司。7 点，我正喝着杂粮稀饭，猛然见窗外一辆超长载货卡车停下问路，一打听，果然是替方亮建筑公司运送建材的车，我给司机指示了中学的位置，让他等我一下。哪知司机只听懂了我的前半句话，没等我拿上相机就开车了。我跑了个1200米才追上，要不是传达室师傅的阻挡，卡车就开进校园里了。等我拿来相机，工人们已经卸完建材，开始往学生餐厅的二楼吊运材料了。

方亮建筑公司的徐工真有办法，他带来的10位工人，个个年轻能干，据说有的曾跟着徐工到过汶川建过防震房。当然这些工人也能吃，有人一下午吃了5个大面包。工人们分工明确，配合协调。我只是到初三（9）班跟学生说了几句话，餐厅二楼的地面上已经画好线准备打孔了。虽然是星期六，由于事前与总务处打过招呼，负责学校供电的陆老师来到学校，帮助工人们接上380伏的动力电。

工人们的午饭是面包、香辣牛肉干、麻辣豆腐干。我问了一个小伙子多大，他说今年虚岁19岁，但是爬高下低他从不推辞，忙得汗流满面。徐工的外甥也是工人中的一员，年龄才20岁出头，却是个熟练的技术工，电焊、切割，样样都行。我不敢吃工人们的香辣牛肉干，就抽空到街上吃了碗米线。再回到学校，四面墙已经围好、门窗也已装好。

下午和茨营中学总务处的陆老师商量图书室的电源、电灯问题。我提出要装6盏日光灯，每盏灯1个开关；预留6个插座，分别是为电脑、打印机、台灯、录音机、投影仪及电风扇准备的。陆老师一口应允。我从超市买了个电热水壶来烧开水，因为患慢性咽炎，每天我要喝4杯水呢。

由于原先设计时数据十分精确，预制件只要稍加修整就可使用，房顶大约只用一个半小时就盖妥了。然后，工人们分成两拨，一拨安装水槽、水管，一拨进行内部油漆。

晚7时50分，活动板房全部竣工。2011年3月5日这天，我从早晨5点工作到第二天凌晨1点，腿酸胳膊累，但也是最开心的一天。因为这一天，我盼望许久的活动板房图书室终于开工啦，而且当天竣工！这肯定是世界上工期最短的图书馆！

3月5日活动房搭建完工后，我就开始将分散在学校行政办公室、教务处、政教处及我租住房屋的约6000本图书和杂志一箱箱搬入。3月7日，我在曲靖采购的玻璃门书橱也运到学校，图书登记、上架工作就开始了。

我首先对图书进行清理和分类。一是把图书与杂志分开，图书需要登记录入电脑，杂志不需登记。收到的杂志有几十种，较多的有《读者》《少年文艺》《故事会》等。二是把低幼类的图书（如汉语拼音注音读物、小学生课外读物、小学生枕边书、看图识字等）与适宜中学生看的图书分开，低幼类图书我准备送给希望小学和幼儿园的学生们。三是将图书中的破损书拣出，能补的修补一下，我事先已从曲靖城买好胶水、透明胶带、乳胶、订书机和剪刀。还有一件事先没有估计到但必须做的事，就是把部分并不适合初中生阅读的书拣出来，如《黄金时代》《上海宝贝》《人妖》《南回归线》《美国财政制度》《财会税作弊的表现形式与审查方法》以及部分武侠小说。

图书分类的问题我考虑了许久，最后还是采用最简单的：按书名的汉语拼音首字母顺序进行分类。考虑到茨营中学老师紧缺，不可能派专人来管理图书室，一旦我离开学校，这间耗费众多人士心血和精力的小书屋就可能因无人管理而瘫痪。因此，图书的分类、登记、上架、借还等事项，必须是所有初中生都能懂、都能干的。按书名的拼音分类，小学生也能干。当时晚上有两个初一学生自愿来帮忙，我用了3分钟时间就教会了他们分类、登记、上架。书橱的顶部和各隔层我用写有英文字母的小白纸条贴上。26个字母去掉"V"，再将"EF""IJ""OP"各并成一层，我买的6张书橱共24层，绰绰有余了。

我在城里印了12000张图书登记卡，每本图书都要填写一张登记卡，卡上有书名、作者及书价三项，登记卡就夹在每本书中。建好卡的书还需录入电脑，我用的是Excel表格，所有图书都可在一个大表格中显示出来，非常方便。做完这些，书就可以准备上架了。截至4月1日下午3点钟，建好卡、录入电脑并且上架可供借阅的图书已有2467本。这已可保证茨营中学的所有师生每人借一本。

原本以为每个学生都有学生证，我设想可以用学生证代替借书证，学生将自己要借图书的登记卡夹在学生证中留在图书室，归还时再将书卡夹入书中。到3月18日，与政教处主任蔡老师商量初一年级在3月21日借书时，才发现学生的学生证居然就是他们的胸牌！胸牌要作为进出校门的凭证，不可能放在图书室中。因此，我只好暂时采用按班级集中借书、学生管理员进行登记的办法。后来，我为每个学生印制了一本借书证。学生借书时，由图书管理员在借书证上登记借书的日期和书名。

"希望图书室"一边开放，一边调整扩充，捐赠的图书源源不断地运到，玻璃门书橱很快就被塞满了，我又从城里买了5个简易的书架。一个月后，这些书架也放不下新登记的图书了。我急需解决书架问题。

2012年6月，美国纽约州立大学的"行动中国（SAIC）"社团又一次到茨营中

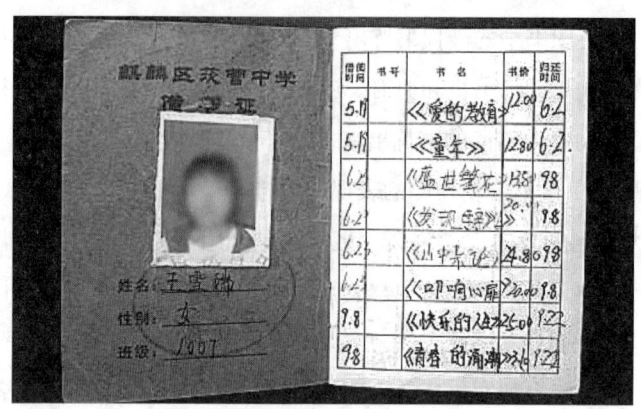

学生借书证

学支教。社团负责人门千理告诉我，他的支教方案得到了大学的资金支持，他可以用这笔资金为"希望图书室"添置一些书架。添置什么样的书架，我和门千理他们商量了好几次。我2011年买的木制玻璃门书架，一是价格较高，二是我担心底部木板受潮会变形，不准备再买这种。在曲靖买的简易书架过于轻巧，学生借书拥挤时已经挤坏了一个，也不准备再买。上海真爱梦想公益基金会送的铁制书架比较实用，但在网上查看了一下，没有同种类型的。我设计了一种铁框木板书架，想请茨营的五金店和木匠制作，但油漆是个难题，此地的喷漆技术肯定不过关，潮湿气候条件下容易生锈，只能作为备选方案。

门千理上网查找一番后，提出网购浙江或江苏苏州生产的专供图书馆的铁制烤漆书架比较实惠，每个580元，加上运费，估计到手每个650元左右。我同意门千理的意见，门千理当时就下单定购。

6月26日和27日两天，我连续跑了两趟曲靖城，运回门千理在网上定购的铁制书架，以及一个多月来通过快递公司运到曲靖的图书、文具和衣服。26日下午，SAIC的门千理、郝萌和我开始组装书架。

真看不出来，郝萌这个8岁就随母亲到美国的女孩，动手能力很强。当我们面对一堆铁条、铁板型材，研究书架该怎么组装时，她就开始动手拧螺帽了。她对我说:"要是有个 board 就好了。"我不知 board 是何物,猜她想要只扳手,就到总务处借了一只活动扳手,又回家拿了老虎钳、斧头和起子。郝萌担任主要技术工,我和门千理做她的帮手。经过两个下午的时间,27 日晚,书架全都安装好了。为了奖励郝萌,我让老伴煮了只粽子给她。她边吃粽子,边问我端午节的来历。我就给她讲了屈原的故事,门千理告诉她赛龙舟也是端午的习俗。这姑娘说,这次回中国,学到了许多东西。

我抽时间把上个月从曲靖运回的 400 本图书建卡登记,分类放在新书架上。看着乳白色的新书架,我觉得应该让茨营的学生们知道这些书架的来历。我向门千理他们提议在书架的边框上贴上标签,说明是纽约州立大学捐赠的。他们很赞成。我告诉门千理曲靖有条街上有专门做不干胶标签的商店,于是他们就又随着我运书的车去了趟曲靖,制作标签。

28 日上午,我将 3000 多册图书放到新的书架上,门千理和郝萌又协助我把一些未拆封的书箱重新靠墙堆放整齐,腾出几平方米的空间。这样,学生们借书时就不会过分拥挤了。在新书架前,我们照了张相。门千理、郝萌他们告诉我,觉得到云南的农村来很有意义,心里很快乐。

4. 爱思考的学生

2011年下半年是我到云南、贵州支教工作最忙的时段之一。从2011年9月开始，我一边着手图书室的建设和运营，一边联系爱心人士资助茨营的贫困学生，到学生家走访了解情况，同时又承担了全校初一年级10个班的"三生教育"课。那半年，我每天的睡眠时间只有4~6小时，但由于是在做自己喜欢的事情，也没感到疲劳。

初一年级"三生教育"的内容大多与政治课有关，一小部分与生理卫生有关。初一的10个班中，1101班与我的配合最好，每节课我会留下15分钟让学生们讨论，孩子们七嘴八舌，非常踊跃。有的班学生则比较沉闷，没有人发言。1107班的课排在星期五，我原以为学生们想着下午回家可能会影响听课，实际上学生的情绪还不错。当我让学生们谈谈自己的人生目标（理想）时，虽没有人主动举手，但我点了名的学生，都能站起来说出自己将来想干什么。我请一个坐在后排、皮肤较黑的男孩，让他谈谈自己的人生目标。"我的理想是赚钱，什么能赚大钱，我就干什么，我要让我们家不再受穷！"听到这话，我心里一愣。下课时，我问了这个孩子的情况，他家住钵上村，家中4口人，只靠父亲一人干活，村干部没有认定他家是贫困户。当天，我联系了南师附中教育集团的树人国际学校（现为树人学校），一位姓张的学生承诺他可以资助这个学生。

第二天中午，1107班的这个男孩到图书室来找我，让我看看他写给资助人的感谢信行不行。我记住了他的名字：肖要强。

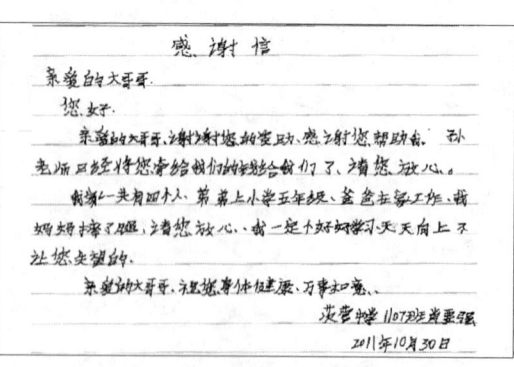

肖要强的感谢信

从这封信看，肖要强的语文功底还不错，语句通顺，也没有多少错别字。在一旁担任图书登记工作的贾文娟告诉我，肖要强上课时好问老师一些奇怪的问题，老师们说他是个"话痨"。

一次上课时，我给学生们讲到心理测试，并让学生们完成一份简单的心理测试卷，判断自己是外向型性格还是内向型性格。肖要强对这很感兴趣，下课后他问我，能用心理测试卷测出人的善良与邪恶、聪明与愚蠢、长寿与短命吗？接着又问植物嫁接后，能不能既结茄子又结土豆？怎么没有杂交大豆……这个"话痨"终于盯上我了。

2012年9月，肖要强升入初二。为提高全校的英语学习水平，我邀请英国支教志愿者琳达再次来到茨营中学给学生们上英语口语课。琳达在1107班上课时，我坐在教室最后听课，发现肖要强听课并不专心，经常扭过头来看我在干什么。

下课后，我问肖要强："别人都在认真听老师讲课，你怎么东张西望的？"他说："外国老师讲的我已经会了，再念不是浪费时间吗？孙老师，外国人眼珠为什么是蓝色的，是因为外国紫外线强吗？这个琳达会讲中国话吗？……"

从那以后，肖要强经常到图书室来找我，都是来问各种问题的，这些问题五花八门，包罗万象，有些我答不上来，建议他看看《十万个为什么》或是《大百科全书》。我觉得这个孩子好奇心极强，思维活跃，敢于表达自己的想法，而且有一定的自学能力。但是他对事情的探讨钻研不能持久，容易分心，自控能力不足，对语、数、英学科不重视。老师们说，这孩子脾气犟，不听人劝。

琳达上英语口语课

  肖要强读初二下和初三上的这一年（2013年），我都在贵州威宁支教，等我回到茨营时，他已是初三下了。我问他学习情况如何、将来有什么打算时，他有些不好意思，说自己可能考不上公办高中，可能上职高学一些技术。"不过请孙老师放心，我肯定能挣钱养活自己。"也许是怕我再对他进行人生理想教育和询问他的生涯规划，他竟然中午很少到图书室来问我问题了。

  中考成绩公布那天，我不在茨营，肖要强也没有用电话向我报告他的成绩和填报的志愿。我渐渐地忘记了这个会突发奇想的"话痨"学生。

  2020年3月4日，我突然接到一个陌生的电话："孙老师你好吗？我是茨营中学毕业的学生，我姓肖。"从电话中我实在分辨不出这是谁，犹豫了好一会儿。"孙老师，我是肖要强，就是老师们说的那个'话痨'……"我猛然想起来了。他告诉我，他是从朱坤那里找到我的电话号码，他想3月5日进城来看我。

  3月5日下午，肖要强来到我家。小伙子个头超过180厘米，气色也不错。我很高兴，"5年半没见面了，你长高啦！"

  肖要强比以前更健谈了。两个小时里，他告诉我他这几年的经历：上了三年职高，然后到上海打工，做过建筑工、房屋装修，搞过推销，现在在一家外资企业做模具，收入还可以，存了一些钱。在上海，肖要强进过夜校及训练班学习过各方面知识，还曾经结交了一个成都的女朋友。

  "孙老师，你对金钱是什么看法？"肖要强突然中断了我们的谈话问我。

  我回答说："我对金融没有什么研究，觉得钱既不高贵也不肮脏，钱只是一种工具。钱对一个人的生活影响是很大的，没有钱生活会非常困难。有的人因为没有钱，前途受影响，像茨营中学与你同级的袁丽，因为缺钱，不得已辍学；也有的人因为贪钱而违法，像许多贪官因受贿而锒铛入狱。钱要从正道得来，才能使你的生活安逸。"

  "孙老师，我还是初中时的想法，农村穷人太多了，我想让钱能够快速增长，最好是爆发式增长，有什么办法呢？你没觉得缺钱吗？"

  我说："经济增长应该有一定的规律，科技创新能使经济快速增长，财富增多。这几十年来，先是房地产，然后是通信、互联网，现在有生物工程、人工智能，都是一些发展快、创利高的行业。能跟上科技前进步伐的人，就能获得相应的经济收益。各人挣钱的方法不一样，挣钱的多少也不相同。不过，我觉得一夜暴富只是梦想，我对自己现在的经济状况是满足的。"

谈到现在的经济形势,自然绕不开就业,我说到一部分茨营中学毕业生的就业情况,包括当年他的那些初中同学。那几年茨营中学毕业生中能升入高中的每年也就100人左右,能考入大学的就更少了。就业是当前的一个难题,我谈到了新冠疫情对经济和就业的影响。肖要强说他想自己回乡创业,我赞成他的想法,如果能够回乡创业,留守儿童就能减少。我们一起讨论了在茨营北部山区可发展的农业项目,如魔芋种植、畜禽饲养,在许多方面我俩的看法都很契合。谈到这里时,肖要强语速明显慢了下来。

"老师,我的父母不同意我创业的想法,这是为什么呢?"

我说:"各人受教育不同,眼光、见识、思路也就不同,你父母都只有小学文化水平,又一直在农村务农,当然不能同你这个读完职高而且在上海这样的大城市闯荡多年的年轻人一样思考问题。"我劝他多给父母讲讲道理,提醒他:孝顺这个中国的传统不能丢,平时要与父母多交流、多沟通,必要时,还是要顺从父母。

肖要强已经订好第二天的车票,上海的公司要复工生产,他又要继续做模具了。听得出来,他现在的工作技术含量高,工资也高。临走时,肖要强让我对他提些要求,我仍然希望他抽空多读些书,包括中外名著,我还送了他一部《红楼梦》。

送走肖要强刚十几分钟,就收到了他的短信。

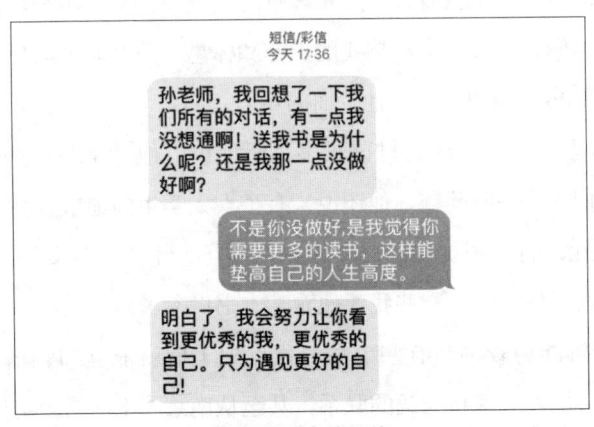

肖要强发来的短信

> **5月26日 周二 23:43**
>
> 万物本无距,
> 怎有高下分。
> 本来空无物,
> 那有尘埃生。
> 孙老师,大脑不够用了😵😵。最后那一句写的不好,我这里没有更好的思路,但我想创作出来,所以我来求教了。
>
> **5月27日 周三 07:57**
>
> 慧能法师的偈语:菩提本无树,明镜亦无台。原为无形物,何处惹尘埃?
>
> 花开万瓣,瓣瓣不一。表达方式也是不一样的,本质不变

肖要强深夜发来短信

肖要强到上海后,经常发来短信,逢双休日还会给我打电话,有时一谈就是半个小时。谈话内容也越来越多。他说父母催他结婚成家,催他赶快买房子。我建议他与父母暂时搁置争议,如果有一定的经济实力,该买房时还是买。谈到找对象的问题,他感觉困难多多,找不到情投意合、互相理解的。他还经常提出一些哲学问题,许多我也无法解答。尽管他说过不会影响我的工作和休息,但有时可能是情绪激动吧,深夜也发短信。5月26日夜里,收到他上面的短信。

肖要强的想法比同年龄的农村孩子多,听他说,他经常与一些大学生打交道,有时还与大学生们讨论一些问题。他还说,有个女大学生向他求爱。

与初中时相比,肖要强提的问题要深刻得多了,不少问题我需要思考以后才能回答,有些问题我无法回答,有些我让他看某本书做参考。

肖要强的理解能力较强,有些事情,我点到了他就能立即领悟。他曾询问我,为什么我的学生、朋友会保持与我的联系,甚至从南京、上海乃至美国、新西兰来看我,为什么我能在现在的农村环境下生活,而且能心想事成呢?我在电话中告诉他,

4. 爱思考的学生

在为人处事方面有四点使我受益：第一，不说假话，以诚信取信于人；第二，换位思考，多从对方角度看问题；第三，尊重别人，允许有不同看法和不同意见；第四，宽容，不斤斤计较，不怕吃亏。这四点，使我的人脉建立起来了，有了宽广的人脉，做事尤其是做公益，自然就顺利多了。

肖要强在上海看了不少书，时不时会把他看书时的想法及感受告诉我，有时还会写几句诗。

2020年6月5日下午，收到肖要强写的诗：

本是无知人，强作红尘客。
梦有鸿鹄志，醒来不自知。
闲情寄蹉跎，戏笑红尘间。
坐井谈天阔，原是假知人。
明心见性时，方知非真我。

与肖要强过去写的诗相比，这首是写得比较好的。随后他让我帮他取个标题，我建议他用"悟道"这个题目。

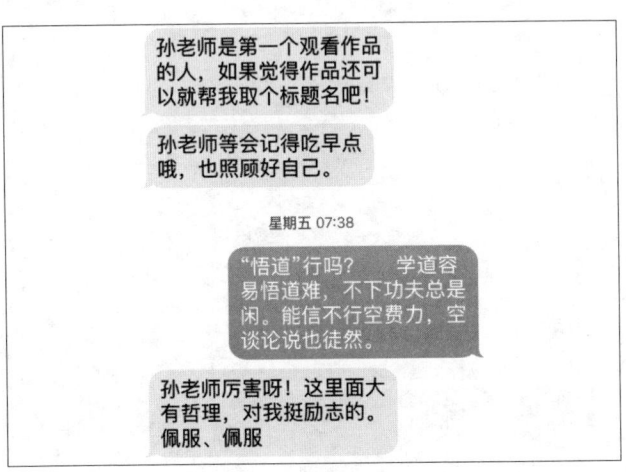

帮肖要强取标题

肖要强向我推荐过一些他认为值得读的书，如《我！开局推翻进化论！》等。当然，我也曾向他推荐《人类简史》《未来简史》《宽容》《忏悔录》《三体》等。

肖要强曾经多次和我讨论人应该有什么样的追求。我告诉他，人的追求也是有层次的。低层次的是物质追求，中层次的是精神追求，高层次的是信仰追求。我28岁以前，属于物质追求时期，那时想的是能吃饱肚子。1978年进入大学后，眼界开阔了，开始有精神方面的追求，不再人云亦云，能够考虑一些哲学问题，探讨中外历史事件，思考工作的目的。50多岁后，才较多地思考人生，确定自己长久的、不变的奋斗目标，确立自己人生的榜样。肖要强希望我用简洁的语言归纳出我的信仰追求，于是我用了古人的话："为天地立心，为生民立命，为往圣继绝学，为万世开太平。"也许，他曾经读过张载的这段话，他马上就询问我何为立心，何为立命。但愿他能真正理解这些，使自己的人生路走得更稳。

5．好样的袁志芳

到云南这10多年里我帮助了9位茨营的孤儿，袁志芳是其中遭遇坎坷较多的一个。但由于她自身的坚持，现在已能自食其力，且能赡养外公外婆，是9人中让我感到较为欣慰的一个。

袁志芳原本是2011年秋季入校的学生。她的母亲自杀身亡，父亲离家出走。那时袁志芳8岁，弟弟袁高阳2岁多。她和弟弟从此靠外公打零工养活。

2011年9月刚开学几星期，袁志芳的班主任告诉我，袁志芳连续几天头疼得厉害，已经被外公接回家看病了。2011年国庆节后，袁志芳回到学校，我问她头疼的原因，她说曲靖麒麟区医院诊断为鼻窦炎，挂了几天水。没想到3天后的夜里，袁志芳又头疼起来了，她不停地用头撞宿舍的墙，老师通知了她外公，连夜把她送到曲靖医院。那一学期，袁志芳在学校上课的时间总共只有1个月。几次发病后，她外公拿着医院的证明到学校办了休学手续。我那时非常担心，头疼如此厉害会不会是脑子里长了肿瘤？

2012年秋季新生入校时，我在新生班中又见到了袁志芳。休养了半年多，小姑娘的气色比上一年好多了，我问她查出病因没有，她说医生依然认为是严重的鼻窦炎，再加上贫血。我想起我自己1960年上小学期间也经常头疼，医院也诊断是贫血造成的，到1996年时，才查出我右脑动脉狭窄，这是造成我头疼的主要原因。袁志芳是否也是这种原因呢？

2012年11月2日，我第一次到了袁志芳家——团结村委会的袁家营村。这个村在全乡属于经济条件较好的，村干部工作也比较负责，村里的道路修得早，路旁的绿化也不错。

袁家营村离学校约有5里多路，袁志芳家位于一个山坡上。房子前后堆着碎砖块、沙子和树棍，比较零乱，袁志芳说这是准备砌围墙用的。听说有老师来了，袁志芳的外公立即回到家。袁志芳的外公比我小6岁，人长得比较瘦小，村里挺照顾他的，考虑到他家的实际情况，村里把电灌站抽水和垃圾清理的工作都承包给他了，这些工作是有固定报酬的；他还经常去附近盖房子或修路的工地上做小工。家里的农田，主要由袁志芳的外婆打理。

进入袁志芳的屋内，就看到袁志芳睡的双层铁床，下铺睡人，上铺堆放衣物（她家没有衣柜和箱子）。靠窗有张桌子，上面放着书本和作业本，这是袁志芳做作业的地方。由于没钱购买水管，所以家里没有自来水，用水要到河里挑。

由于与外公、外婆不在同一户口，母亲死亡、父亲离开以后，袁志芳和弟弟就成了事实上的孤儿。外公四处奔走，经村委会开证明、乡民政调查审核后，袁志芳和弟弟从2011年9月起享受农村低保，每季度由乡财政发630元补贴。姐弟俩都参加了新农合，看病的费用能报销一大半。

我对袁志芳说，要注意身体，身体是学习的本钱，没有好身体就无法坚持学习；学习上要刻苦，学习中肯定会遇到困难，要不断克服困难，把基础知识打牢，有了知识才有谋生的本领。她对我说愿意到图书室当志愿者，我觉得这样我同她见面的机会多一些，便同意她每星期到图书室服务两次。

袁志芳到图书室当志愿者后，我安排她负责杂志的借还登记。来了几次后，突然又见不到袁志芳的人影了，我到他们教室找她，她的同学告诉我袁志芳又生病了。

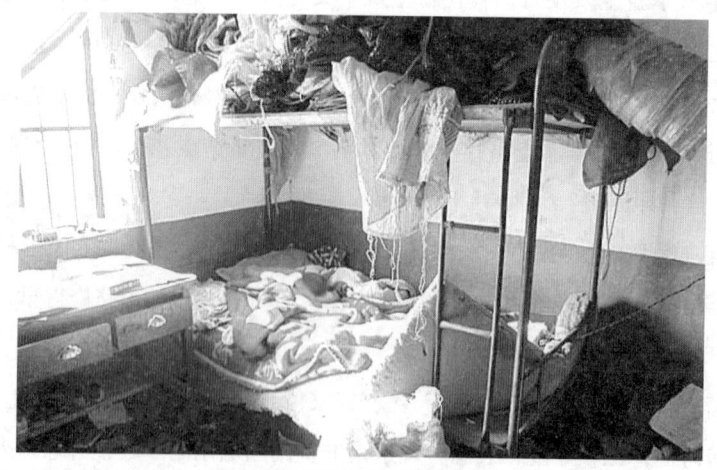

袁志芳睡的双层铁床

5. 好样的袁志芳

我第二次看望袁志芳

2012年12月10日，天气渐渐变冷，我带了两件衣服第二次到了袁志芳家。

看到我，袁志芳有些惊奇。我问她怎么又生病了，她说是上星期体育课时跑步出汗，脱了件衣服，受凉后有些发热，在乡卫生院打了针，明天就可以回到学校上课。

我对袁志芳说："你已经是大孩子了，平时自己要多注意及时添减衣服，这几天气温降低，你穿得太少了。"

"我今天没觉得冷，不过我确实应该多穿些，不能再像去年那样到城里住院了。去年我外公为送我进城看病腰都伤着了，外婆也急得吃不下睡不着，花了好多钱，我的学习也耽误了……"

"宿舍里晚上睡觉冷不冷？"

"宿舍里人多，倒不觉得冷，就是有人熄灯后讲话，吵得我睡不好，还有人早晨不按时起床，睡懒觉。"

我突然想起，有学生告诉我袁志芳有时在宿舍偷偷哭泣的事，就问她："袁志芳，你最近遇到什么伤心的事没有？"

"没有什么……"

"对孙老师要说真话，你在宿舍里为什么哭呢？"

"老师让我当宿舍室长，有的同学不打扫宿舍卫生，有的晚上熄灯后讲话，还有人骂我……"

我对袁志芳说:"我上中学时也当过班干部,班干部总是要辛苦一些的。平时打扫卫生你就多干一些,吃些亏也没什么,古话说吃亏是福,对不对?"

那天我又问了袁志芳一些学习上的事情,还看了她的作业。袁志芳学习的能力一般,理科成绩不理想。我问她初中毕业后打算怎么办,她说上高中不大可能,她的成绩达不到高中投档线。我建议她考虑上职高,学些技术,这样能自食其力。

2013年的绝大部分时间我都在贵州威宁的田字格小学支教,暑假回茨营时我又第三次到了袁志芳家。袁志芳说她数学、英语考试都及格了,五四青年节还入了团,我夸奖她进步快。

我准备离开时,她吞吞吐吐地告诉我:"有的同学有时还是会欺侮我、骂我,往我被子上泼脏水。我也不敢告诉老师……"

到云南的两年多来我发现,农村地区一些孩子倚强凌弱的现象较普遍,勒索同学钱物、打骂同学、侮辱折磨同学的情况时有发生,老师们对此也没有有效的办法,情节严重的就通知派出所。由于未造成人身伤害,肇事者年龄又多在16周岁以下,警察也只能口头教育一番。

对此,我只能告诉袁志芳,要宽容待人,还要学会处理与同学的关系,对有些不讲理的人,尽量不去招惹,争取大多数同学与自己站在一边。我还告诉她,2014

袁志芳及外公与我的合影

5. 好样的袁志芳

去曲靖麒麟职教中心看望袁志芳

年1月寒假时我就会回到茨营中学，有些事可以等我回来处理。

2014年五四青年节，袁志芳被校团委评为优秀团干部。那段时间，她的精神状态不错，比刚进茨营中学时自信多了，见到我时，能主动说说自己的学习情况，谈谈处理人际关系的想法，更可喜的是那半年她基本没生过病。她说与外公商量好了，准备去读麒麟职教中心的护理班，将来到医院当护士。

2015年3月，袁志芳被曲靖麒麟职教中心护理班录取。

3个多月后，我和职教中心教务处的老师联系，说想去护理224班看看袁志芳。按约定的时间，职教中心的老师在校门口等我，进校后他们去教室找来了袁志芳。见到我，袁志芳十分开心，滔滔不绝地向我叙说这几十天的学习和生活。我担心她化学跟不上，她说化学老师已经帮她补了课，专业课老师也会经常问她有没有困难。人体解剖、免疫学等专业课，她都能听懂。她说，现在全班都是女同学，大多数都是从农村来的，她和同学们的关系不错，同学们选举她担任团支部书记。这时，袁志芳已经把我当成家人了。

"我听同学说，2013年在茨营时，你有次用刀子割破了自己的手腕？"

袁志芳有些不好意思："是的，被一位同学打骂后我十分苦恼，都不想活了……"

我让袁志芳撸起衣袖，看到了她左手腕离虎口一寸处留下的伤疤。"你真傻啊，你以为这样就解决问题了？"

"孙老师，你放心，以后绝对不会再出现那样的事了，那样做除了让家长和老师担心外，不起任何作用，我现在已经明白了。"

"袁志芳，进了职校的门只是你实现人生目标的第一步，毕业后你们还要参加全国统一的护士资格考试，合格后拿到护士证才能去相关单位应聘。"

"我知道，老师经常对我们说，能通过考试拿到护士证的只有70%。"

"现在的考试还有挂科吗？"

"我们要到学期结束才考试，我估计文化课和专业课都能及格。"

"人体解剖、药理学这些还是有些难度的，你都能掌握？"

"多花些时间还是能掌握的，天下无难事，只怕有心人，用心了总会有收获的。我们学校经常举行业务现场竞赛，我还得过肌肉注射优秀奖呢。"

袁志芳真的长大了，懂事了，我给她留下了我的手机号码，让她有事与我联系。

2016年春节，我又到了袁志芳家。袁志芳的学习已经不用我再担心了，这次我和她谈得较多的是人际关系的处理。我问她担任团支部书记做了哪些工作，她说要参加全院的一些会议，平时组织一些团员活动。"上学期全校文艺汇演，我在班上做了宣传，组织同学们排练了节目。这学期要组织团员参加志愿者活动，我动员一些同学到校内的超市当义务服务员。你不是说当干部要多干些事吗，我就多干些，要打扫宿舍卫生时有的同学有事我就替她们打扫，反正也累不着。"我夸奖袁志芳做得好。她还告诉我，她被评为2015年学校优秀学生干部。

我又问："社会上有传闻，说职校有些老师是从社会上聘用的，对学生不太负责，你在职校已经一年多了，你有这种感觉吗？"

"没有，我觉得老师们管得还是很严的，晚上10点半熄灯，我们的班主任会到各宿舍检查。老师们也注意对我们进行思想教育，我们的班主任上个月还让我们全班看了一段录像，录像记述了一个残疾青年，靠自己努力，开办了网上旗袍销售店……"

我想起来我也曾经看过这个视频，问袁志芳："那个残疾小伙子是不是叫崔万志？"

"对，对，是叫崔万志，老师你也看过这段录像？"

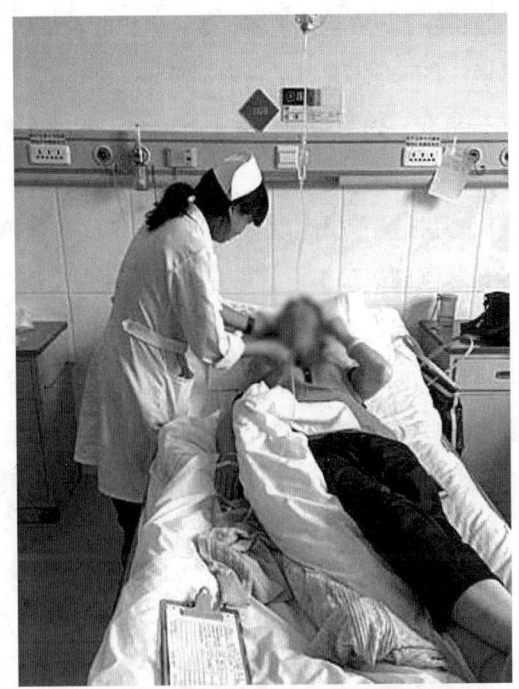

袁志芳为病人注射

我和袁志芳一起回忆录像中的情节，袁志芳说最让她心灵受震撼的是崔万志的两句话，一个是相信自己，没有过不去的坎；另一个是创业靠自己。能悟到这些，袁志芳今后的路会走得平稳一些。我真为她高兴。

2017年3月，袁志芳开始在麒麟区第一医院实习，我时常在星期天到医院去看她。看着她熟练地为病人注射、吸氧，我很高兴。

2019年夏天，我遇到了袁志芳的弟弟袁高阳，他告诉我姐姐腿部做手术住院了。那时我因为忙于学校及社会上的一些工作，一直没抽出时间去看看袁志芳。

2020年3月16日茨营中学复课，我回到茨营。在茨营接到了袁志芳的电话，她说她已经在茨营卫生院上班，听到这消息，我太高兴了。但学校和医院都是疫情防控的重点单位，对进出人员的管理非常严格，我一时还无法与袁志芳见面。

2020年6月，我抽出时间到了茨营卫生院，在医院3楼，见到了袁志芳。她告诉我，腿上的伤口已经长好了，在病床上躺了3个月，体重增加了10多斤*。她掀起裤腿，腿上的瘢痕累累，我问是不是以后还要动手术，她说那属于美容医疗，不在医保报销范围内。她还告诉我，因为是建档立卡贫困户，她这次住院只需自己出10%的医疗费。

袁志芳是2020年1月被茨营卫生院聘用的，现在负责全镇的妇幼保健、医药等基本卫生工作。她说，刚到医院工作就遇上了新冠肺炎疫情，医院要抽大量人员与派出所警察、乡镇干部一起，组成若干个疫情防控小组，分别到各村设卡，进行人员进出登记、体温测量、湖北返回人员的居家隔离、环境消毒等工作。我问："哈马寨、红土墙、大麦塘这些村也要人去？"她说："这是肯定的，都是在村口搭个棚

与袁志芳在医院办公室合影

---

* 斤，中国市制质量单位，1斤为500克。

子,每天值班12个小时,有些人不愿去呢。"我说:"那你应该积极报名参加啊。""我没报名,我刚来的一个新手,别人都不报名我却报名,人家会怎么想?"嘿嘿,这小姑娘挺世故的,这可不是我教给她的。想到洪应明在《菜根谭》里的论述,"教人以善毋过高,当使其可从",我觉得袁志芳的做法顺应了此地此时的社会潮流,看来社会也教会她许多东西。

袁志芳接着告诉我,医院领导安排她到哈马寨值班,哈马寨那个地方我去过,是全乡海拔最高的彝族山寨,路远寒冷。"有人提出种种理由,说自己去不了,我没说二话,服从领导分配。"我向袁志芳竖起大拇指:"为你点赞!"

因为有大专文凭,袁志芳的技术职称是护士,她每月的工资能有2000多元。我告诉她,许多护理专业的毕业生都没能进入医院工作。她说:"我是沾了国家政策的光,今年是脱贫攻坚决胜年,凡属建档立卡贫困户的高职毕业生,都是优先安排工作的。我弟弟袁高阳也由镇上安排到市政管理(部门)做管理员,每月也有1000多元的工资。"我问:"那你们家贫困户的牌子就可以摘掉了?"她点点头。

经历过贫穷日子,会使人更加珍惜现在的生活。袁志芳告诉我,她拿到工资后,替外公买了香烟,替外婆买了衣服。前段时间,外婆到大棚里干活,腰受了伤,她很心疼外婆。我问她,外公外婆苦了一辈子,能不能让他们不要外出,就在家里干些力所能及的农活,如养猪、养鸡什么的,也能增加一些收入。袁志芳说,当初分责任田时,她们家没分到稻田,因此没有米糠作饲料,无法养猪。她觉得把院子修好,养鸡是个可行的办法,这样外婆就不会太累了。

问到袁志芳今后的打算,她说想考护理本科,我给她说了贾文娟考上本科的事,她若有所思。"我知道困难很大,但困难再大,总要去试试吧。我是个再平凡不过的人,做的是平凡工作,过的是平凡的日子。希望全家都能平平安安、吃穿不愁。"这是袁志芳的希望,也是我的企盼。

6. 培训支教志愿者

2010年7月21日是个令人伤心的日子,因为这天下午,支教志愿者赵小亭牺牲在支教的路上。赵小亭是我的江苏同乡,南通如皋人,生前为武汉大学三年级学生。2010年7月10日,赵小亭和18名武汉大学志愿者一同赴贵州省贵定县的一所山区小学支教,7月21日下午在去支教学校的途中,突遇山石崩落,她不幸被巨石击中头部,当场丧生。赵小亭是独生女,她的离世,使其父母悲痛欲绝,我感到十分心疼难过。

一个刚20岁的大学生,国家和人民培养了多年,父母含辛茹苦将她养育成人,正当她积极为社会做出贡献的时候就离开了人世,太可惜了。

赵小亭在给小学生们上课

支教大学生们应该是每天都收听收看天气预报的,那时贵定县连续几日都在下雨。在7月21日出发前,只要有人提醒一句,支教的大学生们哪怕只是戴上安全帽,也许就能逃过此劫。那么,这位愿为农民子女义务服务的漂亮姑娘,今天可能就会站在三尺讲台前为学生们讲解《岳阳楼记》的广阔情怀,或是指挥着一群工人在修建桥梁、组装机车……

大学本科我学的是地理,到南师附中工作后我又为高中生开过"灾害地理"和"野外生存"等选修课,对自然灾害的成因、分布、影响有所了解。我对所有到云南曲靖和贵州威宁支教的志愿者,都反复强调在支教过程中注意人身安全,防止各种灾害的伤害。我向他们提出三项建议:一是在支教之前,对自己将去的地方有个较全面的了解,列出可能遇到的灾害和危险,并设计预防和解决方法;二是有意识、有针对性地锻炼身体,增强体质,适应艰苦的生活环境;三是学一些野外生存知识。

2012年6月,"田字格助学"的负责人肖诗坚邀请我到上海,为"田字格助学"专门培训支教志愿者,这些支教志愿者即将分赴贵州、云南、四川进行长期支教。

我到上海为"田字格助学"培训支教志愿者

我为那次培训拟写的提纲是：

云贵地区的主要自然灾害及预防

由于自然和社会经济条件的影响，西部地区"天无三日晴，地无三里平，人无三分银"的现象一直存在，一些比较闭塞的山区学校，交通基本靠走，上课主要靠吼，保安完全靠狗。环境条件使得西部山区自然灾害种类多，突发性强，原发性灾害与次生灾害多。而当地的社会经济条件较差，灾害一旦发生，灾情常常较重，救治相对困难。山区学校未成年人集中，学生上学、放学途中路程远、时间长，自然灾害对师生安全的威胁大于平地。

一、事件举例

2010年7月21日赵小亭牺牲的经验教训；近来支教时部分志愿者受伤、患病。防重于救。

二、主要自然灾害类型

（一）地质灾害

云贵川处于我国（地势）一、二级阶梯结合处，有多处断裂带，地质条件复杂，岩溶地貌发育，开矿及开山取石使地表植被破坏，地质灾害多发。

1. 地震

2. 滑坡与塌方

3. 石块崩落

（二）气象灾害

云南自北向南划分为多个气候带，如高原山地气候、亚热带季风气候、热带季风气候；贵州以亚热带季风气候为主；四川主要有亚热带季风气候和高原山地气候。三地暴雨集中，地势起伏大，一山有四季，十里不同天，气象条件复杂。

1. 暴雨、泥石流

2. 狂风

3. 冰雹

4. 冻雨

5. 暴雪

6. 雷电

7. 干旱

8. 沙尘

9. 山林草地火灾

（三）水文灾害

受地形和气候条件影响，河流汛期长，水流急。

1. 暴雨或融雪形成的洪水

2. 水体污染

（四）生物伤害

湿热的气候，为多种生物及微生物营造了生存条件，山区农村卫生条件差。

1. 蛇

2. 蚊蝇

3. 老鼠

4. 螨虫

5. 蚂蟥

（五）与自然条件有关的交通伤害

车祸：边远地区路窄，司机开快车，夜间无路灯。

桥梁损毁：桥面断裂，护栏缺损。

牛、马：拉车、耕地的大牲畜，受惊狂奔，极易伤人。

中国有句古话："凡事预则立，不预则废。"思想上重视，行动上落实，使我本人和来茨营的支教志愿者、我所支教的中小学校，没有出现因自然灾害而造成人员伤亡的情况。

2011年9月，针对茨营中学校舍危房多、住校生多的情况，我与茨营中学的王德寿校长商议，举行全校地震逃生演习。全校开学典礼时，由政教处老师向学生讲解地震时如何疏散逃生，明确各年级、各班疏散路线；班会课上，各班主任再次强调学生在遇到地震险情时应该怎么做。一个星期五的下午3点半，校园广播里突然播放警报，各班正在上课的老师立即组织学生按设定好的路线跑出教室到篮球场集合，全校

茨营中学举行全校地震逃生演习

29个班1700多人，1分35秒全部撤出教学楼。随后，学生们返回宿舍。当警报声再次响起时，学生们纷纷拿起枕头等护住头部跑出宿舍楼。

  2013年我到贵州省威宁彝族回族苗族自治县哈喇河乡新办的田字格小学担任校长，4月10日即组织全校5个年级120多名学生进行地震逃生演习。听到周小雨老师"地震啦，地震啦！"的呼喊声后，各年级的学生们以班级为单位，纷纷跑出教室，在校园周围开阔的缓坡上集中。10天后，四川芦山发生地震，威宁全县有感，支教老师、学生家长纷纷夸我有预见，其实这只是碰巧了。我和当时支教的志愿者还商定了如遇暴雨、山火时，如何保障师生安全的具体措施。田字格小学决定：凡遇下暴雨，一、二年级学生放学必须由老师护送回家。我还和志愿者们沿着学生们上学的4条路线，逐段观察有哪些地方可能产生事故及伤害。平时我与支教老师们也经常研究雨季避害、外出防狗咬的方法。田字格小学的颜旭和周小雨两位志愿者，2013年6月底去乡中心学校报账时，在途中突遇暴雨，两人立即离开河谷，向与河道垂直的高处爬去。他们说，当时如果稍微慢一些，就可能被激流冲走，如果没有平时的预案和外出必须两人以上的规定，那次不定会出什么纰漏呢。事后颜旭开玩笑问我，如果那天他被洪水冲走丧生，能被追认为烈士吗。我回答说："追认烈士不大可能，可能的是保险公司赔偿10万，田字格总部补偿10万，威宁县团委发张追认优秀团员的证明，我这个校长被撤职检查……"

6. 培训支教志愿者

社团的中国留学生到茨营海拔最高的哈马寨村
走访贫困学生

  这几年到云南曲靖茨营来支教的除了我这个外省人，还有一些外国志愿者（如英国的琳达）及国外的中国留学生等，我也都向他们说明如何避免灾害对自己和学生的伤害。2011年7月中旬，美国纽约州立大学的"行动中国（SAIC）"社团的中国留学生门千理、陈柳明等一行5人来茨营后，我陪着他们到茨营海拔最高的哈马寨村走访贫困学生。在途经吴官村旁的滑坡体时，我提醒他们观察一下这片长约80米的土体，告诉他们如遇下雨，土体可能会顺坡下滑。在蔡家二村，我又让留学生们注意路旁崖壁上向外突起的石块，强调如遇风雨，千万不能在石块下面避雨。

  2012年3月，澳大利亚墨尔本大学的中国留学生和我联系，他们想组织一个"中国西部教育支援"社团，询问是否可以到茨营中学来支教。澳大利亚在南半球，他们放暑假时（每年11月底到次年1月），茨营的学生们还在学校上课，支教的时间可达3个星期以上，我非常欢迎他们来，并承诺可以帮他们联系住宿、汽车接送等。自2012年起，除了2013年我因在贵州威宁县田字格小学支教无法接待外，到2019年12月，我一共接待了墨尔本大学中国支教社（CREI）一共7批成员约60多人到茨营中学支教。

  墨尔本大学CREI社团开展活动多年，积累了不少支教的经验，他们有专门的考核人员及考核程序，对有意向参加这项活动的人员进行考核及培训；每一批到茨营支

前排是墨尔本大学首批 CREI 成员中的 7 人，还有 3 人因在上课未拍照

第 6 批 CREI 成员 2018 年 12 月在茨营中学

教的成员都会将自己的支教体会写出来与其他人分享。有时，这些志愿者的家人还会来茨营看望他们。据这些留学生说，澳大利亚的华人很支持他们的活动，有当地新闻媒体采访他们，还有不少华人企业家给他们捐款，我的"希望图书室"中的铁制多层书架、部分电脑以及一些班级用的实物投影仪，都是他们用这些捐款购买的。

2020 年 5 月 9 日，华南理工大学的研究生支教团成员李莎在去广西龙胜小学支教途中因车祸身亡，听到这消息我感到十分沉痛。我时刻提醒自己，要注意安全，注意自身的安全，注意学生们的安全，注意支教志愿者的安全。赵小亭、李莎都是支教志愿者，她们不在了，我们这些活着的支教志愿者要多做一些工作，把她们想做的事情做好。

7. 我也是志愿者

近几十年来，志愿者在我国各大媒体平台上出现的次数越来越多。据某网站统计，中国现在大约有 1100 万注册志愿者，这是个好现象。

志愿服务是指自愿贡献时间和精力，在不为物质报酬的前提下，为推动人类进步和社会福利事业发展而提供的服务。志愿服务是一种利他行为，是公益性活动，也有人称志愿者为义工或社工，世界各国都有这样的人群。1985 年，联合国大会通过决议，规定每年 12 月 5 日是世界志愿者日。

我也是个志愿者。我最早参加的是环境保护志愿活动，1983 年我带领南师附中初中学生到紫金山采集野草种子，把它寄给内蒙古的学校，用于绿化沙漠。1984 年我和南师附中的学生们一起，测量南京城区雨水的 pH；同年我还与学生一起参与助老服务志愿活动，到三牌楼的鼓楼区社会福利院帮助孤残老人打扫卫生。

我是从上个世纪末才开始成为支教志愿者的，下面是我的"田字格助学"支教志愿者胸牌和在贵州威宁参加注册志愿者活动时的文化衫。

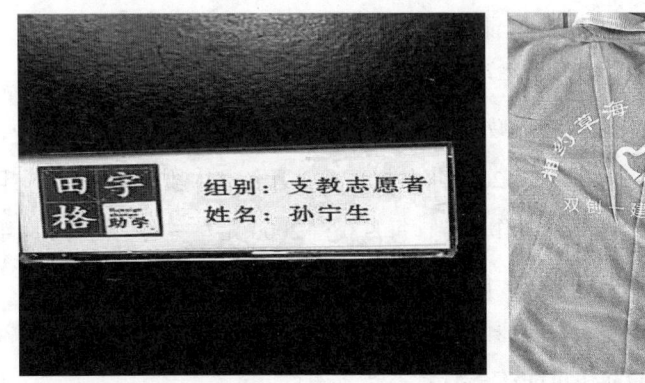

我的田字格支教志愿者胸牌和在贵州威宁参加注册志愿者活动的文化衫

志愿服务提供了社会交往和互相帮助的机会，强化了人与人之间的联系，增强了社会成员之间的信任，成为缓和社会各阶层利益冲突的"润滑剂"，促进了社会安定与和谐。志愿者参加的许多志愿服务可以促使他们把专业知识应用于社会实践，在提高志愿者综合素质的同时，也使他们更进一步了解社情民意，增强志愿者们服务社会、贡献社会的责任感。这是个双赢的活动。我国正处于经济快速发展的阶段，需要有更多的人参加公益活动，需要有更多的人做志愿者。2008年"5·12"汶川地震时，数千名志愿者参与了抢救及震后重建工作。2020年新冠肺炎疫情笼罩湖北，许多志愿者自发地为医护人员免费提供各种服务，受到了人们的交口称赞。这些年来，志愿者大军中的"蓝天救援队"更是享誉国内外，这个成立于2007年、拥有30000余名成员的志愿者团体屡建奇功，他们积极抢救各种突发灾害及突发事件中的遇险人员，反应快、效率高、专业性强，挽救了许多生命。在全国的大、中学生中，能参加志愿者活动已成为争先恐后的时尚。

志愿者们的工作，能解决一部分社会问题，满足社会需求，创造一定的社会价值，促进社会和谐。支教这一公益项目，也发挥了这样的作用，对促进我国的社会发展、缩小东西部地区基础教育的差距，做出了巨大的贡献。截至2021年10月31日，我国志愿者总人数达2.17亿，志愿团体113万个。据行业内有关人士粗略估计，大学生支教志愿者人数在10万～30万之间，长期支教机构在30～100个之间。我估计这些支教志愿者中大部分从事短期（30天以内）支教，从事长期（半年以上）支教的志愿者在10万人以上。

我觉得长期支教的志愿活动，按由谁出面组织，可以分成这样几类：

（1）政府和教育行政部门联系安排的支教。

这类支教，由政府和教育行政部门负责联系并在资金上给予支持。其中，规模最大的是全国性的"银龄行动"。2019年共招募了2万名退休教师支援西部贫困地区中小学，他们在支教地区一般工作1年，每月获得2000元左右的生活补贴。我的同事，南师附中的退休教师仇炳生、徐昭武、卜美平、李华、刘远、刘壮美等6位曾到陕西延安地区的江苏中学支教，他们就属这类支教。从现有情况看，这类支教效果好且具有可持续性，支教队伍可能还会扩大。

（2）部分高校学生的支教。

这类支教是由部分重点大学组织的。这些大学组织选拔一些达到一定条件的本科毕业生到西部地区学校义务支教1年，然后他们获得免试成为硕士研究生的资格。我知道的就有南京大学本科毕业生在云南省建水县中学支教然后成为研究生的。通过新闻报道，我知道还有北京大学博士支教团、华南理工大学研究生支教团等。据《中国青年报》消息，这类长期支教的志愿者约有1.8万人。

（3）半官方组织的支教。

我知道的有广西南宁的"常青义教"项目，这是由南宁市志愿者驿站在省、市教育部门和"友成企业家扶贫基金会"的资金支持下，组织南宁的退休教师到广西巴马县的甲篆乡（2013年，撤乡设镇）初级中学支教，每批2个月，支教教师能获得少量的经济补助，甲篆中学免费提供住宿。2011年我曾参加过"常青义教"的研讨会，会议工作人员告诉我，当年南宁市退休教师中有70多人次参加了这种支教活动。

（4）民间公益组织的长期支教。

"田字格助学"就是这种类型。"田字格助学"于2010年成立，它致力于中国农村乡土教育的探索，向社会募集资金，在社会上招募人员，建校办学。贵州兴隆县的田字格兴隆实验小学目前已取得了不少成果，2020年，第一批小学毕业生已经毕业。

2011年我参加"常青义教"的研讨会

田字格兴隆实验小学对农村乡土教育的研究和实验，引起了国内外教育工作者的关注，它为我国发展贫困地区农村基础教育开辟了一种新的模式。据"田字格助学"宣传组统计，到2020年7月，参与"田字格助学"各项活动的义工已有400多人。

我是2012年1月开始与"田字格助学"联系，先后参与了制订组织章程、拟定受资助对象标准、筹建希望小学等工作，并受"田字格助学"的委派，于2013年1月10日至2014年1月7日担任威宁田字格小学首任校长。按下面"田字格助学"宣传组公布的义工名单，我是这个组织编号21的义工，编号为28、29、31、32、36、43、44、48、50、52、58、69、70、72、87的义工，都曾和我一起在田字格小学当过支教教师。

2010年—2020年义工感恩榜

义工ID	姓名	义工ID	姓名	义工ID	姓名	义工ID	姓名
1	肖诗坚	36	沈阳	71	谭一休	106	郭妍妍
2	陈静	37	邹雄飞	72	谭君	107	刘冰
3	杨小冬	38	胡乃琦	73	吴强	108	樊文霞
4	王茵	39	Cherry	74	薛磊	109	黄颖倩
5	张巍	40	张涛	75	王琨	110	王宇虹（虫虫）
6	刘荻琳	41	潘昱	76	郑雅治	111	洪霞
7	杨路明	42	王桦	77	杜磊	112	王文鑫
8	冯其伟	43	孙涵晓	78	高强	113	孙昊
9	Linda Clark	44	颜旭	79	高鹏	114	曹臣
10	单雅敏	45	费琦	80	邓栋珍	115	章武
11	Avis Tang	46	沈云彪	81	魏燕	116	武飒然
12	黄启龙	47	卢冬	82	郑雅琴	117	俱岩
13	郑传男	48	王强	83	朱征	118	张春辉
14	赵永章	49	陈瑜（正安）	84	谭行建	119	聂文明
15	程世文（沿海）	50	陈春妙	85	肖毅宾	120	唐川
16	简祖全	51	沈熙晟	86	肖社生	121	方天龙
17	蒋曦	52	李彤	87	李隆虎	122	李慧芳
18	吕英敏	53	青阳	88	冯红真	123	高燕
19	王翔	54	张乐卉	89	刘爝	124	晏杰
20	李耿	55	陈云画	90	陆蓓蕾	125	李季欣
21	孙宁生	56	沈敏杰	91	张宏洋	126	宋闽
22	庆婷婷	57	钱琤	92	邱晔	127	王昱磊
23	应海燕	58	谭聪	93	唐家亮	128	李小玲
24	吴军	59	李冬妍	94	姚群	129	董小璐
25	傅烨	60	符圣劭	95	蒲菁	130	侯尤娜
26	李洁	61	程慧玲	96	邢月月	131	宋宁珍
27	黄海娇	62	楼增	97	赵春	132	莫志恒
28	聂立冬	63	刘丁	98	马宇甩	133	刘晓蕾
29	李嘉	64	霍林红	99	蔚小琳	134	于宏威
30	王永亭	65	代森伟	100	郝鹏飞	135	徐静蓉（Becky）
31	周云露	66	赵显吉	101	仇荧	136	赵凡
32	温新君	67	董云洋	102	吴洁华	137	夏妍
33	张久超	68	孟钥	103	罗志民	138	罗雪松
34	罗欣娜	69	王潇逸	104	梁品品	139	韩丽刚
35	陈建明	70	王冠伦	105	华晓冬	140	李江勤

"田字格助学"宣传组公布的义工名单

（5）个人义务支教。

德国的卢安克是这一类的代表，徐本禹和我也属于这一类。我们不拿政府和教育部门的补贴，自己筹集资金，走上贫困地区中小学的讲台为学生上课，并为农村基础教育提供教学资源和教育设备。据说，我国西部地区个人支教的人数先后超过万人。

支教是社会公益活动的重要组成部分，想支教的人有不少，但实践说明，不是所有人都可以做好支教工作的。我们需要的是帮忙不添乱的支教，现在有大量的支教是帮了忙但也添了乱的，甚至还有没帮上忙却添了乱的。为了把支教这件利国利民的事做好，2011年和2012年，我在"田字格助学"年会上提出了长期支教的3项原则，主要内容是：

（1）支教志愿者必须经过培训才能上岗，这种培训除了教学业务培训与考核外，还有安全培训及与当地官员、村民、家长和学生交往的培训。

（2）支教志愿者不是苦行僧，必须妥善安排支教志愿者的住宿及生活，使支教者能有充沛的精力和体力进行教学。

（3）支教志愿者在支教前应进行相应的体检，并购买人身保险。凡是发现有不能适应支教地环境和气候的各类疾患的，不能支教。我在南师附中的几个老师朋友曾想来云南支教，但他们患有心脏病、高血压或痛风，我觉得他们可能适应不了高原气候，遂婉拒了他们。

我觉得，人生最美好的东西，就是有值得你关心的人和事。对支教志愿者来说，能为贫困地区的基础教育做一些力所能及的事情，就是我们最大的心愿。一些亲戚朋友说我的幸福指数高，说我退休后的日子过得充实。想想也是，助人为乐是我国优良的传统，我尽力帮助了贫困学生、孤儿、留守儿童，他们的痛苦少了，我就开心了。

8. 迷途知返不为晚

山区农村学校中的另类学生要比城市学校多，陈亚琪（化名，下同）是茨营中学的另类学生之一。

陈亚琪是 2015 年 9 月 1 日入学的，这年入学新生分成 8 个班。刚开学，初一年级 1506 班的彝族小姑娘陈东艳主动找到我，说要当图书室的志愿者。这孩子勤劳、懂事、脾气好，与同学、教师关系特别好，许多事我都放心地交给她去办。由于陈东艳的关系，1506 班的许多学生经常到图书室来，有的想来当志愿者，有的只是在图书室里转转、看看、翻翻杂志，并不借书。

一天，陈东艳陪着一个高个子女生来找我："孙老师，这是我班同学，她的借书证弄没有了，还能补办一个？"这个高个子女生就是陈亚琪，当时我手边没有新的借书证，就在一个辍学学生留下的旧借书证上用修正液抹去原来的名字，让陈亚琪填上她的名字。这孩子拿到借书证时，歪着头看了我一会儿，说："谢谢你。"陈东艳悄悄告诉我，陈亚琪家是建档立卡贫困户，她父亲在外地打工，她是留守儿童。

几天后，陈亚琪又来找我，说她没钱交班费，我毫不犹豫掏了 10 块钱给她。从那以后，陈亚琪找我的次数多了起来，有时是借我的手机给家长打电话，有时来向我借钱，有时是来问我哪些书好看，有时来借针线缝补衣服，有的时候只是想和我说上几句话。我对孩子们是很宽厚的，对于他们提的要求和问题，我总是很有耐心，对贫困户家的孩子更是这样。我从陈亚琪那里陆陆续续知道，她妈妈去世了，父亲在昆明城里的建筑工地打工，她和弟弟与爷爷一起生活，爷爷年纪大，干不了重活，家里日子不太好过。这时陈亚琪给我的印象是直爽的，但有时分不清是非，不太喜欢学习。

一次，我看见陈亚琪被叫进了政教处，就问她同班的同学发生了什么事，他们说陈亚琪上课睡觉，不做作业，星期天还在宿舍里喝酒，所以被叫到办公室谈话。中午，我碰到陈亚琪，问："你怎么被叫到政教处了？"她气呼呼地说："我是坏人，坏学生……"我笑着说："这是你自己说的，孙老师没把你当坏人，你是坏人我能借给你手机，我能借给你钱吗？"问清情况后，我对陈亚琪说："你确实违反了学校纪律，让你爷爷来一趟学校吧……"她从我手中接过手机给家里打了电话。

晚上躺在床上，我想起陈亚琪的事。因为家长不在身边，缺少正常的家庭教育，她小学6年都是混过来的，因此现在上课学的东西听不懂，作业不会做。我想到，现在许多农村的学生都缺失家庭教育这个重要环节，陈亚琪这样单亲家庭的留守儿童尤其是这样。这类家庭的孩子往往没有自己的目标，自控力较弱，是非观念模糊，性格比较孤僻。从现在的社会状况来看，他们考上高中、大学的可能性不大，而且我隐隐约约感觉到，这类孩子长大成人后在社会上的地位也不会高，违法犯罪的可能性也较大。茨营中学的老师们都对这类学生感到头疼。怎么办呢？我也想不出什么有效的办法，教育不是万能的，目前能做的只有多关注他们，多劝导他们，只能耐心等待，等待他们的开窍。

一天傍晚7点钟，我在学校大门口看见陈亚琪、朱云（化名）和另一个同学，问她们为什么不上晚自习，陈亚琪说她们生病了，想到乡卫生院看病。我摸摸陈亚琪的额头，确实有些烫手。学校门卫不肯放她们出去，说她们没有班主任签字的出门证。我想了想，就在出门证上签了我的名字，还给了陈亚琪50元钱，嘱咐她们看完病就立即回学校。

第二天早晨，陈东艳告诉我，她们的班主任昨天半夜到镇上把陈亚琪、朱云找了回来，那时她俩正在饭店里吃烧烤，甚至还买了半斤苞谷酒（玉米酒）。我感到事情不妙，与她们的班主任联系后，觉得今后自己不能再随便给她们签字了。对这些孩子，不能过于宽厚、仁慈，那样反而会害了他们。

那天中午，我见到陈亚琪："陈亚琪，你不是答应孙老师看完病就回学校的吗？怎么说话不算数？我以后还能相信你吗？"看见我真生气了，陈亚琪抓住我的衣袖："老师，我们看完病肚子饿了，就去吃了点东西……你别生气了，我保证下回不再犯了，行吗？"……

2017年春节后，陈亚琪找到我："孙老师，求你帮个忙，我爹给我买了个手机，你能帮我充电吗？"我同意了，接过了她递来的手机和充电器。没想到，第二天她又来找我充电。我很奇怪，昨天刚充满电的手机怎么会又没电了呢？她吞吞吐吐地说："昨天晚上，朱云她们要听歌，电就用完了……"这次，我没有帮她充电，责备她：

"你为什么不多和陈东艳这样的同学在一起,多帮助我和老师们做些事,或者多看看书呢。你就是羡慕朱云的零花钱多,但她的心思没有放在学习上,你可不能这样……"

过了几天,陈亚琪找到我:"孙老师,我确实管不住自己,你帮我保管手机吧,星期五下午我到你那里拿,行吗?"我想到,这个年龄的孩子要养成自律的习惯,确实需要别人的督促与帮助,就答应她了。于是,每个星期天下午进校时,她把手机送到图书室,星期五放学时,再从图书室拿回。

"孙老师,朱云星期六骑摩托车出车祸住院了!"陈亚琪悄悄告诉我:"朱云说她不读书了,班上还有几个人也想出去打工。"我瞪了她一眼:"是不是你也想出去打工,不读书了?""读书太苦,要做作业,要背书,还要被老师管教,打工能挣钱,而且多自由啊,想吃什么就吃什么,想穿什么就穿什么……"我对她说:"你想过没有,你到外面能干什么?你既不能吃苦,也不能起早睡晚,文化水平低,看个产品说明书也不行,哪个开店的老板肯招你这样的?朱云的爹妈能出钱养她,有谁能养你呢?"

临近初二下学期期末考试,几天没有见到陈亚琪,陈东艳说她因为违反宿舍纪律又被爷爷领回家反省了。两天后,另一位女生把陈亚琪从图书室借的书和杂志还给我。我深深地叹了口气,教育真不是万能的,我花了那么多精力在陈亚琪身上,可谓费了九牛二虎之力,效果在哪里?又一想,她能把书还回图书室,说明她还是听进了我的一些话的,至少,她记住了我对她的一个要求:人必须守信。

2018年1月的一天,晚上9点多,我突然看见图书室楼下拐角处有个人影。下楼一看,竟然是陈亚琪。我喊住了她:"陈亚琪,这么晚到学校干什么?""我不想再读书了,我等宿舍管理员开门把被子拿回家。"我劝她:"还有几天就期末考试、放寒假了,就不能再坚持几天了?""坚持不了,上课我听不懂,考试肯定不及格,老师动不动就批评我。再说一上课我就想睡觉,晚上反倒睡不着,只能听歌……"我愣在那里,不知说什么好。突然她问我:"孙老师,我要和我爹脱离关系,要办什么手续吗?"我大吃一惊:"是不是你爹又要结婚而不要你了?"她摇摇头,说:"我管他要钱,他不给;让他替我买智能手机,他也不买;老师打电话让他来学校,他说要打断我的腿。他已经打过我好几次了,这种人能是我爹吗?"我感到她的问题挺难办的。这样的孩子,谁来管她?谁来关心她呢?

陈亚琪见我不出声,又说:"我在图书室借的书都还给你了,过了年我想进城找个工作,我能养活自己……我知道你是真关心我,学校里只有你没有骂过我……"

晚上躺在床上,又想起陈亚琪的事来。在南京工作30年,我可没有见过如此反复的学生。2012年7月,我在上海为"田字格助学"培训义务支教志愿者时,曾经与支教志愿者们讨论过支教的作用,那时我提出,农村贫困地区的教育是个慢活,不可能立竿见影,如同在田地里播种,种子撒下去,总要过一段时间才会生根、发芽,如果温度、水分等条件不够,种子还有可能不发芽。难道陈亚琪就是个不发芽的种子?

初三下学期的最后一个月,经过老师们的几次劝返,辍学的陈亚琪终于回到学校。见到我,她有些不好意思。

我认真地对她说:"既然回到学校,就要遵守学校纪律,你要保证不再喝酒,不再和人打架。""要是人家先动手打我呢?""你可以告诉老师,老师会处理的,老师处理不了还可以由派出所处理。""那我每天中午还到图书室来行不行?""行。"她还告诉我,一个月前她在一家手机店里打工,每月可以挣1000元,身上的新衣服就是用工资买的。

听从我的建议,她从图书室借了《草房子》《女生贾梅》和《青年文摘》,有些课实在听不懂,就在教室里看这些书和杂志。中午大多时间,她到图书室里和我聊天或看书。

中考的前一天,陈亚琪到图书室来向我告别:"老师,我不参加明天的考试了,我要回手机店里上班了,店里管我吃住。"我实在想不出什么话对这个孩子说。"到店里手脚要勤快些,没有哪家商店喜欢懒人……干活要有责任心,收钱、付钱要点清楚……十五六岁的人了,要懂得照顾自己,有什么事打个电话告诉我,我会去看看你。""真的吗?我爷爷都没来店里看过我,你真的能来?"我点点头。

2019年初,我到手机店时,老板娘告诉我,陈亚琪离开店里不干了。我拨了陈亚琪的手机号,提示为"该号码已停机"。我只有一声长叹了。

2020年初,新冠肺炎疫情影响了全国。3月下旬,曲靖的中学复课。3月16日我回到茨营,在茨营教过的一些上了高中、大学的学生纷纷打电话、发微信问候我,一个学生告诉我,她看到茨营手机店里有个年轻姑娘,好像是陈亚琪。

5月20日,我来到茨营街上的一个手机店。果然,坐在柜台前的正是陈亚琪,她正在帮一位老人把原先手机里的信息转到新手机上。抬头看见我,她露出了吃惊的眼神。

"老师，真的是你吗？我以为……"

送走客户，陈亚琪在我身边坐下。"老师，你没变。"我盯着她看了一阵，她没有躲避我的眼神。我说："我老了，白头发多了，都是被你气的。你说你这个人，离开店连个电话也不打，我来了几回没见你影子；手机还停机，你是成心要把人急死啊！""你别气了，都怪我不好。"她连忙赔不是。看见我并不是真的发火，她一一回答了我的问话。

原来，她离开手机店后回到村子里，干了一段时间的农活。又到曲靖城里待了一段时间，但受疫情影响，在城里找不到工作。秋天弟弟就要上小学念书了，家中的开支又要增加。所以疫情减缓后，手机店老板让她回店里干活，她想到弟弟上学要交钱，父亲的工地还要过段时间才能开工，就又回到了手机店。

陈亚琪知道我不会用使用微信支付，就打开我的手机帮我开通并教我如何使用。我见她的衣服有些旧，就问："没再买件新衣服？""才干了一个多月，上个月的工资我给了爷爷一半，小弟上学要交学习材料费什么的，衣服就算了。"我感慨地说："哎呀，陈亚琪终于懂事了，知道为别人着想了。如果早两三年能这样，也许我就会在高中的校园里见到你了。""孙老师，那时候我太任性了，什么事都只想自己，还给你添了许多麻烦。"听到这话，我感到十分欣慰。"现在明白也不晚啊，路要靠自己走，以后别走弯路就行。"

一股暖流从我心里涌出，种子终于发芽啦！

9. 辍学的袁丽

义务支教是件艰苦的工作,在西部贫困地区更是这样,支教志愿者除了要承受物质条件上的重重考验,更多时候还要经受精神上的磨炼。在贵州威宁田字格小学支教时,有天晚上停电,支教志愿者们在一起聊天,周小雨说支教的这一年是她哭得最多的一年,小颜、小王说也有同感。周小雨突然问我:"孙老师,你久经风霜,支教时总不会哭吧?"我回答:"哭过,而且哭得撕心裂肺。"我说的是真话,就在2013年的2月25日,我为茨营中学的袁丽痛哭过。

袁丽是2011年8月底升入茨营中学1101班的学生。她是图书室服务志愿者之一,常常与同村而且同班的颜玲玉一同到图书室值班,为同学借书、还书进行登记。袁丽的母亲因病早逝,父亲在曲靖城里打工,她的班主任把她作为单亲家庭贫困生报给我,我想联系人资助她。

2011年秋季我到袁丽家走访

2011年秋季开学后的第一个周末,我到袁丽家走访。袁丽家就在蔡家小学北面的山坡上,她家的住房是茨营常见的两层砖墙小阁楼,没什么家具,收拾得倒也干净,看来小姑娘自理能力还是不错的。谈到吃饭,袁丽说周末回来她大多在奶奶家吃,寒暑假时才自己烧。我让她领我到奶奶家看看。转过几户人家,出现一间外墙坍塌了一半的房屋。"这是奶奶家……"

我愣了一会儿,这比我40多年前在宝应插队时住的土坯房还要差。

"奶奶他们就住在这屋子里?"我问袁丽。

"外间门坏了,爷爷奶奶住在里间。"

我低头进到里间,这里间也好不到哪里去,只是用泥抹平了土坯墙,但有的地方显然是因为漏雨,土坯塌掉了一些,屋顶的瓦也有好久没有拾掇,抬头可以从瓦缝里看见天空。如果不是几根梁柱撑着,这房子随时可能倒掉。

我问袁丽:"墙塌成这样,为什么不用泥糊一糊呢?""爷爷奶奶年纪大,弄不动。""爸爸呢,他30来岁应该能弄得动吧?""爸爸他很少回来,再说他也不会做这些事。"我挺纳闷的:"糊墙又不是什么技术活,孙老师在农村时还干过呢,你爹怎么就不会呢?"一旁的颜玲玉悄悄告诉我,袁丽父亲因是独子,许多农活不会干,初中毕业就到城里打工,他没有技术,大多是替工厂看大门。

袁丽奶奶家的房屋

我和两个小姑娘随后朝颜玲玉家走，经过一座庙，朝南的红墙上用大字写着"南无阿弥陀佛"，东面墙上则是"弘扬古老佛教，服务和谐社会"的标语。她们告诉我，庙是村里集资修建的，几乎每家都捐了钱（包括袁丽奶奶），庙里有块碑记载着捐款人姓名及钱数。我问："庙里有和尚吗？""有，他就是村里的人，平常他也干农活，到星期天时他就在庙里念经。"

袁丽突然问我："孙老师，菩萨真会显灵吗？"

我不信佛，自然不相信那彩绘泥塑的神像能消灾解难。但是，我不能抹杀农民心中对神与佛的信仰，我觉得对那些文化水平不高的贫苦农民来说，有个信仰是件好事，使他们的灵魂有个依赖。我对袁丽说："孙老师不知道，因为我不信佛。""那奶奶每次到庙里烧香许愿，常常很灵的，她求菩萨保佑我学习成绩好，我考试时成绩就好。""我觉得那主要是你自己努力，当然也有心理因素的正面影响，你觉得向菩萨许过愿，心里就把一些影响学习的杂念给排除了，学习潜能发挥出来了，考试成绩也就好了。"袁丽又问："奶奶生病没钱看，她也到庙里求菩萨，很快病就好了。""我想是因为你奶奶拜过菩萨后，觉得菩萨能消灾解难，就把心里的烦恼、担心都放下了，人是有一定的自我修复能力的，烦恼、焦虑等不良情绪减少了，免疫力也就会增强，有些病症就会减轻甚至消失了。"她若有所思："嗯，你说得也有道理。"

谈到学习情况，颜玲玉说袁丽的学习成绩从小学起就很好，现在是班级前三名。袁丽告诉我，她作文写得不好，我建议她多到图书室借些书看："读书可以见多识广，你经过一段时间积累，写作文的素材就会多了，写起来就会流畅了。"

2013年1月，我从上海参加完"田字格助学"的年会回来，跟一些图书室的志愿者说到我要去贵州威宁县支教一年，要求他们配合学校安排的老师，使图书室正常开放。1月16日放寒假前，我和志愿者管理员在图书室为同学们进行最后一次服务。袁丽说她《平凡的世界》还没看完，就从图书室里又借了一本。

袁丽问："孙老师，你到威宁后不会不回茨营了吧？""怎么可能呢，茨营也是我的家呀，我不能不要家呀，我还要参加你们的毕业典礼，和你们拍毕业照呢。"那时我绝对没想到，袁丽初中没有毕业，也没有参加拍摄毕业照。

2013年2月19日，当我从威宁县田字格小学考察回来，刚刚从曲靖城里返回茨营，在去茨营中学的路上遇到了王智慧老师，她是袁丽的英语老师。王智慧老师告诉我，袁丽的父亲又结婚了，继母也在城里打工，但继母怀孕要生孩子，袁丽的父亲要求袁丽退学进城打工养家，袁丽这段时间都没来学校。听到这里，我心中暗暗生出一些说不出的担心。

在学校，我向1101班班主任李晓燕老师详细询问了袁丽的近况，他说的和王老师提供的情况基本一致。李晓燕也想不出什么有效的办法来挽留这个学习成绩居年级前十的尖子生。他还告诉我，2月25日袁丽可能要到学校把被子拿走。

2月25日下午，袁丽在几个同学的陪同下到了图书室。我细细询问了她家中现在的情况。她父亲在曲靖打工，每月收入1300多元，继母打工时每月收入也有这么多，他们在城里租了一间房。现在继母刚生了个弟弟，就无法继续工作了，全家每月收入一下子减少了一半；而新生的婴儿需要添置许多用品，还要买奶粉，经济开支大增。父亲想跟亲戚们借钱，哪里能借许多呢？爷爷奶奶自顾不暇，根本无法帮忙。父亲替她在城里找了家糕点店做学徒，包吃包住，每月工资800元，这样多少能补贴家里一点。听到这些，我明白了袁丽现在的处境。这样看来，袁丽现在是家里仅次于父亲的强劳动力，她不仅要养活自己，还要支撑这个四口之家。

袁丽流泪了："他是我的父亲，目前只有我能帮他……孙老师，我真想上学，真想上大学啊……"望着泪眼婆娑的孩子，我第一次感到说不出的无奈和无助。我的道德评判标准使我无法否认，袁丽打工养家这种做法是她们家目前唯一可行的办法。但是，这孩子的大学梦怎么实现呢？我觉得两肋像被钢丝绳紧紧捆住似的，而钢丝绳还在一阵阵收紧，我胸口越来越疼，胃部似乎发生痉挛，连说话也感到吃力。我深深地吸了口气："小丽，以后独自一人要小心谨慎，在店里手脚要勤快些，度量也要大些，别跟人家为一些鸡毛蒜皮的小事争强好胜，让着别人一些，吃亏是福，记住了吗？"我拿出一件浅色的滑雪衫和几本书送给了袁丽，默默看着同学帮她把被子、衣服塞进了蛇皮袋。

望着恋恋不舍、一步三回头的袁丽，我的克制能力达到了极限，当袁丽带着行李走出校门时，我感到胃壁又是一阵痉挛，伴随着万箭穿心般的疼痛，一串串泪珠落了下来，湿透了我的衣襟。那天躺在床上，我失眠了，为什么偏偏是袁丽这样爱学习的孩子遇到这样的事？她上大学的梦想还有可能实现吗？遇到这类事我能有什么办法呢？会不会还有孩子也遭遇过这种事呢？难道所有的农村孩子都必须像《平凡的世界》里的孙少平、孙少安那样遭受一次次打击吗？

2013年暑假，我从贵州威宁返回曲靖城，在19路汽车上，旁边突然有人站起来给我让座。"袁丽！"我喜出望外。她告诉我这几个月来的情况，她是糕点铺里文化水平最高的学徒，贵州来的和她年龄相仿的姑娘小学都没毕业。因为学习技术快，现在几十种主要糕点的做法她都掌握了，而且手脚勤快，老板不在时，商店的生意也全都由她打理。她算账既快又准确，老板还给她涨了工资。谈话中，我觉得她的心态挺不错，没有丝毫的怨天尤人，这是我感到最欣慰的一点。我觉得她个子长高了，她说可能是顿顿都能吃饱的原因吧。

汽车快到南关五村时，袁丽说："老师，我要把户口簿给爸爸送去，我已经到茨营的派出所替弟弟报上了户口，前面我就要下车了。你多保重。"临下车前，她又问我："老师，中秋节你回茨营吗？那时我就会做月饼了，请你尝尝我做的月饼。"

2020年五一长假，我的手机突然响起，是个来自河南的电话。"孙老师，我是小丽，我现在在茨营，我想到学校来看你。"是袁丽！我最揪心的茨营学生，终于有消

与袁丽合影

息了！我告诉她我正在茨营的客运站等车，10分钟后，袁丽和一位小伙子出现在我眼前。袁丽告诉我，这小伙子是她丈夫。6年多没见面，眼前的袁丽个子长高了，皮肤也白了，由于戴了眼镜，一开始我都没认出她来。她告诉我，这几年她到过江苏、安徽、河南，做过许多工作。前年和一同外出打工的安徽小伙相爱结婚，去年生了个孩子，这次因为爷爷病危，从河南回来。我问她爷爷的情况，她说爷爷心肺功能衰竭，已经无法医治了。"小丽，真难为你了，22岁的城里姑娘还在爹妈面前撒娇呢，你却要承担那么大的压力……"

"孙老师，记得你给我们上课时说过，人生多险阻，苦战能过关，你看，我没被险阻压垮……我现在在郑州的一家美容院上班，老公做房屋装修，日子比过去好多了，你放心吧。"

我还惦念着她的大学梦，我说可以帮她联系南师大成人教育学院读函授大学。她笑着摇摇头："老师，说实话，我现在没有时间和精力再坐下来读书了。不过，我会好好抚养女儿，也许，她长大能进大学……"

后来，袁丽发来她女儿的照片和视频，女儿长得很秀气，小家伙劲头十足地在房前蹒跚学步，还用双手保持身体平衡。这应该是个有出息的娃娃。也许，18年后，她能戴上大学的校徽，帮妈妈袁丽圆梦。

10. 勤奋刻苦的王姝烨

终于见到了王姝烨的大学录取通知书，我和王姝烨以及她的家人一样，感到无比高兴。7年来，这个农村的普通女孩，靠着自身的努力，终于实现了她人生最大的梦想。

王姝烨原名叫王梦丹，过去是茨营示范小学的学生，家住茨营一村。2014年春节前，我到茨营镇的几所小学和幼儿园了解情况。在茨营小学，老师们向我介绍了一批品学兼优但家庭经济较为困难的学生，六年级老师提到了王梦丹。她的亲生父亲已经去世了，妈妈抚养她和妹妹，家庭负担较重。我的朋友愿意资助品学兼优的贫困学

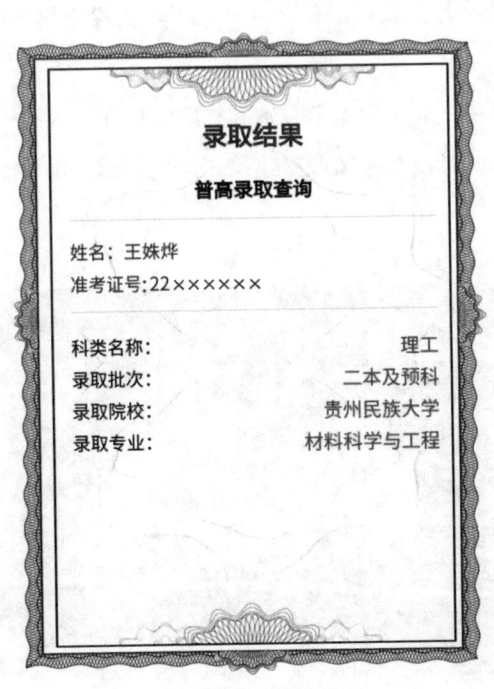

王姝烨的高考录取结果

生，我把王梦丹的情况告诉他，他立即委托我到茨营小学把钱送到王梦丹的手里。王梦丹和爷爷非常感激，我鼓励王梦丹好好学习，争取考上大学，将来回报这些好心人，回报社会。

2014年9月2日，王梦丹到茨营中学报到，她被分在1402班。报到那天我问她，愿意到图书室为同学服务吗？她说愿意，我找了个比她高一年级的图书室志愿者教她该做些什么工作，她很快学会了。从那时开始，整整两年时间，王梦丹每星期到图书室服务两次。

王梦丹家离乡政府不远，一个双休日，我到了她家。

王梦丹领着我在房前屋后看了看，她告诉我，她现在的名字叫王姝烨，这是身份证和户口簿上的名字。她身后跟着个大眼睛的小女孩，王姝烨说这是她的妹妹，叫王姝涵。这小姑娘长得很可爱，也不认生，她手里拿盒牛奶正在吸吮。这个小妹妹虽然只有2岁，但语言表达能力很强，她也学着姐姐叫我"孙老师"，我告诉她姐姐要做作业，应该自己一个人玩。于是她拿着她的玩具让我看，有布娃娃、布狗熊和喜羊羊。她举着一个毛绒玩具让我猜是什么，我看了半天没瞧出是个什么动物，她大声说："这是熊猫！"

王姝烨说，妈妈一个人干活养不起她和妹妹，现在妈妈结婚了，继父对她很好。我问继父干什么工作，她说在曲靖城里建筑工地上干活，每月能挣2000元。妈妈在

与王姝烨、王姝涵姐妹在屋内

地里干农活,种玉米、栽桑树,一年可养三季蚕。全家加上奶奶5口人,人均年收入能有4000元,所以她家不属于建档立卡贫困户。

当我和王姝烨谈到学习时,王姝烨说,小学时她能在班上排到前几名,但是进入中学后,发现班上有许多同学学习能力很强。"有时,老师刚提出一个问题,我还没想出该怎么回答,就有七八个同学举手要回答了,我感到压力很大,数学尤其是这样。"我对王姝烨说:"感到学习有压力这是正常现象,你原先是在与周围几个村庄的同龄人比学习,现在是与全乡500个同龄人比,今后还要和全区几千同龄人比,说强手如林一点也不过分。如果在某方面松懈了,就会被其他人超过,古语说'学如逆水行舟,不进则退'就是这个意思。我觉得上课专心听讲,课后及时复习,有疑问多与同学研究、多向老师请教,能做到这几点,学习上就不会落后。"我问她英语学习有没有困难,她说英语并不难,多读、多记是秘诀。我看到她的数学作业本上有一道应用题没做,她说想不出方程该怎么列,准备找同村的杨冰燕讨论讨论,实在不行就到学校请教老师。

我随后联系了江苏南通的退休教师恭民,请她资助王姝烨。2015年3月初一下学期时,王姝烨找到我:"孙老师,现在我家的经济条件好转了,妈妈已经在越州钢厂找到活干,你能不能跟恭民奶奶说,把资助我的钱给我们班的王红丽吧,她家去年

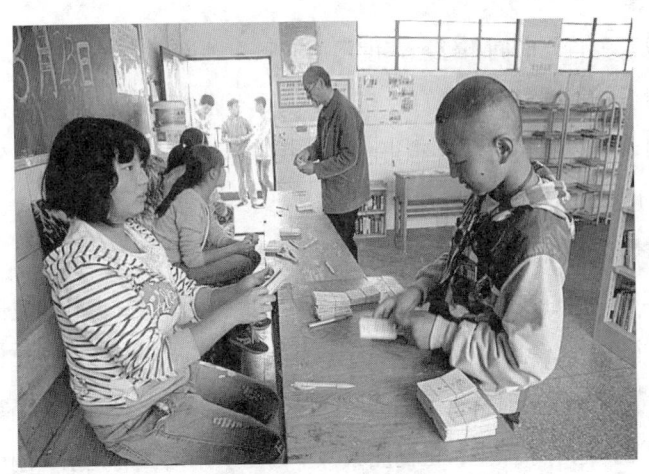

王姝烨(条纹衣)在图书馆

出车祸,哥哥、爷爷去世,她也受了重伤,她比我更需要这笔钱。"我采纳了她的这个意见,同时感到她是个具有仁爱之心的孩子,我想帮助的就是这样知道感恩、关心别人的娃。

因为担心写字速度慢、作业做不完,王姝烨经常把作业带到图书室,借书不忙的时候就抓紧时间写作业。她书写时很认真,几何和物理画图也很美观。在图书室为同学服务一段时间后,我问王姝烨:"你觉得在图书室当志愿者会耽误学习时间吗?"她想了想说:"不一定,在这里我认识了好多同学,能从他们那里学到不少知识,有些我不会做的题目,别人会给我指点,我就会做了。"

王姝烨也有苦恼的时候。有天,她告诉我,有同学想借她的作业抄答案,她没同意,同学就不理她了。我说:"你做得对,你是真心对同学好。同学之间有误解是难免的,当同学情绪好的时候,跟她解释一下,她会明白的。"又有一天,她又对我说,原班主任张红老师因车祸骨折住院了,新班主任刚来,对班级情况还没完全掌握,班上好多同学尤其是男生,纪律松懈,上课不注意听讲,抄袭作业,学习风气比初一时下降了。我说:"你读过《弟子规》这本书吗?那本书里有'同是人,类不齐,流俗众,仁者希'之说,我觉得很对,许多人不能控制自己,不能自律,难免随大流,落入得过且过、偷懒敷衍的流俗中,这些人是可怜的、可悲的,你可不能这样。"王姝烨说:"我知道,现在我最重要的任务就是把学习搞好,能考上好的高中,争取再考上大学……"

王姝烨也常为自己时间不够、速度慢而犯愁。她说语文老师要求大家多读名著,别人一星期能看三本课外书,她自己连一本也看不完。我对她说:"有些人看书只图速度快,一目十行,看得快其实忘得也快。我觉得看书时要思考,要领悟书中的道理,有的还可用笔记下来,这样看书虽然慢一些,可能效果却更好。"

我给王姝烨讲了我上小学四年级时读《红岩》的事。1961年12月《红岩》出版发行,1962年初我所在的小学从新华书店采购一批《红岩》,老师向我们推荐了这本书。我的同学有的一夜就读完了这本600多页的厚书,而我是用一个星期的时间才读完。读《红岩》时,我会时常再翻翻前面已经读过的部分。我对书中描写小萝卜头的部分印象非常深,他叫宋振中,是杨虎城将军的秘书宋绮云的儿子,刚出生不久就随着共产党员的父母被关进了白公馆集中营。有些茨营学生问过我,这个身体瘦弱、圆圆脑袋的小囚犯怎么能在牢房里学习文化知识呢,我说他跟关在监狱中的共产党员罗世文学会认字,又跟东北军的军长黄以声将军学习俄文,有特务在旁监视时,他和黄将军就用俄语交谈。我还告诉王姝烨,读过那本书后,小萝卜头宋振中就成为我学习的榜样,每当我学习上遇到困难时,这个聪明、勤奋的小男孩就会浮现在面前,激励我努力学习。

王姝烨听到这里,突然说:"孙老师,小萝卜头和你也是我的偶像!"

也许是用了我所教的读书方法,王姝烨读的课外书虽然不多,但她记住了书中的人物、情景,更悟出了书中的道理。2016年世界读书日活动中,她参加了班级的读书知识竞赛,在抢答时频频得分,是全班得分最多的。

2016年9月,王姝烨编入初三快班。她对我说,自己感到压力更大了。"我不聪明,只是比有的同学刻苦一点,现在班上好多同学都比我强,有些数学、物理上的内容,老师一讲他们就懂了,我呢要想好半天。"这年国庆长假时,我和南师附中的校友到茨营学生家中走访,路过王姝烨家时,她像看到救星一样,老远就喊住我们,说有一道数学题她解不出。2001届附中校友范亮曾获南京市数学奥赛一等奖,他接过题目看了一会,很快就帮她理出思路。

2016年10月,我和南师附中的校友路过王姝烨家

张怡和王姝烨在茨营中学图书室见面

2017年7月底，王姝烨接到了曲靖市民族中学的录取通知书

10. 勤奋刻苦的王姝烨

南师附中校友在茨营中学开展"1+1"网上视频交流活动时，王姝烨报名参加了。后来我知道和她进行视频交谈的在英国读高中的男孩，是我在 1987 年所教学生张怡的儿子。张怡与我电话联系时说，她想到昆明出差时抽时间来看看我、看看儿子的"谈友"王姝烨。2016 年 10 月中旬，张怡和王姝烨在茨营中学图书室见了面。后来，张怡的工作较忙，但她时常会打电话询问王姝烨的情况。

2017 年上半年，王姝烨进入中考冲刺阶段。我不断给她鼓劲加油。中考的那三天，她精神饱满地进入了考场。语文考试结束，她告诉我说试卷难度并不大。7 月 12 日，中考分数通知到学校。7 月底，王姝烨接到了曲靖市民族中学的录取通知书。

曲靖市民族中学新校区在沾益区，离茨营三四十千米，学校每个月放一次假，王姝烨与我见面的次数减少了，一年只有春节、暑假几次。见面时她告诉我，感到学习上的压力大，有的同学觉得要崩溃了。我告诉她，学习上有压力是正常的，一定要咬牙坚持住。我问她："还记得我给你们班上班会课时讲过我当年参加高考时写的诗吗？""记得，应该是'登山休怕险，读书莫畏难。人生多险阻，苦战能过关'吧？

高考后王姝烨与我的合影

我一定要坚持下去，但是我担心将来考不上大学，对不起你和张怡阿姨……"我鼓励她："凭我30多年当老师的经验，你一定能够考上大学的！"

2020年6月，王姝烨参加高考。考完后，她半夜发微信给我，说感到试题有些难，自己没考好，心中十分忐忑，我约她第二天到学校来谈谈。见到王姝烨后，我询问了她高三下学期的总体学习情况，由于新冠肺炎疫情的影响，他们上了两个月的网课。我觉得网课对农村学生来说，效果比线下课堂要差，像王姝烨这样的学生，在课堂上，师生互动能启发她的思维，网课就没有这样的作用。高考试卷在能力考察方面肯定超过曲靖本地试卷，有些试题王姝烨没见过也很正常。我告诉王姝烨："你已经尽力了，就应该问心无愧，考试成绩不会因为你的烦恼、自责而有任何改变。"我们又谈到了高考志愿的填报，我提出了参考意见。王姝烨脸带笑容离开了，刚走出校门，她又回头找我，希望与我照张相。

张怡得知王姝烨考上大学时也欣喜万分，并承诺负担王姝烨四年的学费。

进入大学后，王姝烨经常用微信与我联系。当知道她参加全国大学生物理竞赛获奖时，我欢喜若狂。我精心呵护的幼苗，就要长成参天大树啦！

11. 读书，才能改变命运

云南支教这10多年来，我始终在与"读书无用"这一观念做对抗。我深深地知道，通过高考上大学，是许多中国孩子（尤其是中国西部贫困农村家庭的子女）改变自己命运的重要途径。这些孩子，如果能考上一所较好的大学，毕业后能找到一个体面的、收入稳定的工作，使自己、自己的家庭和未来自己的子女不再贫困，才能有尊严地活着。可惜的是，许多茨营的村民及他们的子女，并没有真正认识到这一点，意识中的浅见使他们为了眼前能多挣几个钱，早早离开学校，贻误了一大批农村青少年。我接触到的200多名茨营建档立卡贫困户子女中，能够努力学习并考上大学本科的目前只有2人（还有3人在读高中，有希望考入大学本科），能上大专的不到10人，初中辍学的就有几十人。我一直在想，如何让他们明白：读书、上大学，才会有广阔的视野，才会有"精密"的头脑；目光长远，心思细密，才能有正确的判断能力，才能做大事、赚大钱；读书多了，心态、眼界、思考能力都有了提高，才不会被人愚弄。

茨营中学毕业的学生们许多已经走上社会，他们有的会抽空来看看我，我们经常谈到如何纠正"读书无用"的观念。有的孩子向我提出了一些建议，对我启发很大。

2020年3月，我教过的学生肖要强专程到曲靖我家中来看我。他说，可以让他弟弟肖进强来跟学生们谈谈。肖进强2013年进入茨营中学，2016年初中毕业并考上曲靖市第一中学（简称"曲靖一中"），2019年考入对外经济贸易大学。

不久，我联系上了肖进强。我邀请他到茨营中学来，给在校的初二、初三学生谈谈他的求学经历，谈谈他对读书重要性的认识。我想，由学生身边的真人真事现身说法，对他们的触动会更深，激励会更有效一些。肖进强欣然应允。

2013年我在贵州威宁田字格小学支教，也没有机会到肖进强家走访。肖进强不像哥哥肖要强那样话多，初中时与我的交流并不多，只记得他曾经对我说过，茨营中学2013级里，数学成绩没人能超过他。

肖进强给全体初三学生做讲座

2020年9月1日,肖进强来到茨营中学,给初三全体同学讲讲他的学习生活。

据肖进强说,小时候他上了格浪村的幼儿园,因为太调皮了,没几天幼儿园老师就让他回家了。家里不放心这么小而且这么调皮的孩子一人在家,于是妈妈就带着他下地干活,村里的人们(包括现在上中学的同学们)都记得那个黑皮肤、赤脚扛着锄头下地的小男孩。从小干农活让肖进强体质强壮,个头也比同年龄的孩子高一些。

读小学时,肖进强与一般农村男孩并无二样,学习成绩一般。他喜欢赶集(曲靖当地叫"赶街"),看人家买卖各种东西,喜欢观察周围的各种事物,观察后有时也会思考一些问题。肖进强的外公家在邻近的胡家坟村,有时他帮外公卖家里树上结的桃子,集市贸易使他对算账有了兴趣,这对他的算术学习有极大的促进作用,所以肖进强小学数学成绩还可以,但他对语文,尤其是背诵不感兴趣。

2013年9月,肖进强进入茨营中学。和哥哥肖要强一样,肖进强好动,注意力不易集中,容易被外界的风吹草动、车响鸟鸣吸引,尤其在英语课上经常分神。初一一年下来,他只记得"good"这个单词的意思是"好",别的就一无所知了。不少老师经常找他谈话,告诉他学习对他的将来有极大的影响,语文老师蔡玉刚、数学老师李龙刚更是苦口婆心地劝告他,不认真读书,将来只能靠出卖体力挣钱,只能处在社会的最底层。

他也同哥哥肖要强一样，除了善于观察外，也会动脑筋想一想。喜欢观察和思考使肖进强在初二时有了转变。他在村子里和集市上发现，人与人的经济地位差别很大，读过高中、大学的，收入稳定，住的房子也好；文化水平低的，收入少而且不稳定，成年了连媳妇也娶不上。渐渐地，肖进强知道了读书学习的重要性。学习上遇到困难，他常常去找老师。老师们的解惑，使他的学习进入了良性循环。语文老师蔡玉刚经常检查他的背诵，督促他扩大阅读面。在数学学习上，他常常为解一道难题苦思冥想，别人已经回宿舍睡觉了，他还在教室里演算，经常是最后一个离开教室。他还找到了一个挤出时间学习的窍门：别人排队打饭时，他在教室里做作业，推迟10分钟进食堂，这时买饭不用排队，每天就比别人多出了20分钟的学习时间。

　　"在学习过程中，你可以不断地认识新同学，积累广泛的人脉，有利于自己将来的工作和发展；其次，在老师的精心指导和谆谆教诲中学习新东西，感受知识与学习的魅力与力量，你会取得身体和心灵的成长和丰富；你能学会多角度看问题，看到社会更深、更广的方面，学会体谅、包容他人，少一分憎恨，多一分理解和包容；能完

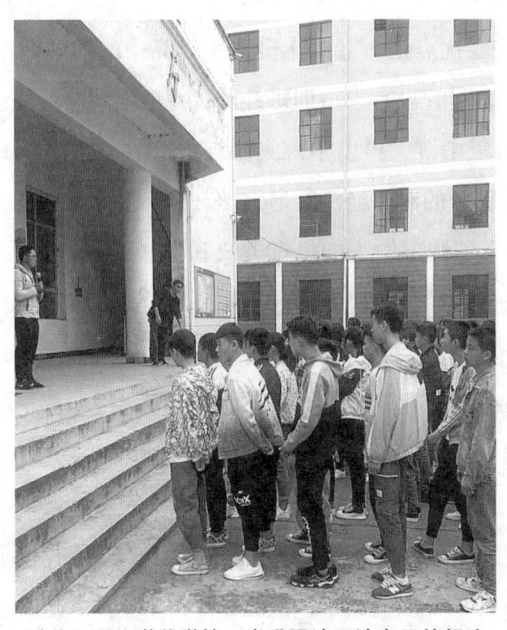

对着几百位学弟学妹，肖进强谈了谈自己的想法

善自己的性格，增加人格魅力；在与同学和老师的相处中，了解自身存在的问题并对其进行完善。当然，学习中必然会遇到困难，成功与失败相交织，就能磨炼自己的毅力。初中阶段，尤其是初二这一年，我最大的变化就是毅力增强了。"对着几百位学弟、学妹们，肖进强说了上面这番话。

学习态度的转变，引起了学习成绩上的变化。初三时，肖进强的学习成绩已进入年级的前50名。他并不笨，再加上勤奋，语文成绩也提高得很快。2016年参加中考时，他的语文单科成绩是茨营中学考生中最高的，中考总分居全校第4，曲靖一中在茨营中学的定向招生名额为5人，肖进强顺利进入了这所全市最好的四星级高中。

在曲靖一中，肖进强喜爱观察、善于思考的习惯，让他发现了自己与城市学生学习上的差距。假期，不少同学到培训学校进行一对一补课，但肖进强务农的父母无法负担这笔超过高中学费的费用。于是，肖进强自己给自己补课，每个假期，都把前一阶段学习的内容重新捋一遍，看看哪些是自己掌握不牢固的，买一本辅导书练习，只做其中自己薄弱的部分；还要把做过的试卷中做错的部分记在"错题本"上，经常看看。

肖进强的一个重要优点是对老师十分尊重，高中的老师们也乐意帮助这个爱问的学生。高中3年里，尽管没有去培训班补课，肖进强的学习成绩却能每年上一个台阶，由全班垫底到班级中游，再由中游到班级中上游，2019年高考考出了600多分的好成绩，进了自己喜爱的对外经济贸易大学。

"一个读书和一个不读书的人的思考方式和做法，相差太大了。"肖进强以村里的农民买小猪为例告诉学弟学妹，有的人不知预测价格走向，买卖赔了钱，而他却能分析市场变化趋势，低价时买进，等高价再把它卖出去。看来，这孩子几年前就有了贸易的基础知识，读经贸专业真是选对了。

也许因为在太阳下听讲的时间长了，有些学生出现躁动。肖进强把话头转向另一方面。

"我在云南经常听人说，初中毕业证书没什么用。开始我也觉得没啥用，毕竟都普及义务教育了，好像只要混上3年，就能保证初中毕业，这个初中毕业证书没有多大含金量。2019年暑假我抱着试试看的心态到上海打工，我看中了几个比较好一点的岗位，他们都规定只招高中生和大学生。还有两件让我比较心痛的事也与初中学历有关：一个是小时候跟我玩得比较好的同村同年级的青年，他谈了个女朋友，就当两人差不多准备结婚时，女方父母因为这位同学没读完初中而提出反对意见，最后女朋友也离开了她，理由是不信任他、缺乏安全感。他们觉得连书都不能好好念的人，不会对家庭负责的。另外一个同学也是早早辍学，前期主要是开着摩托车到处闲晃，最后因为吸毒进了监狱，到现在还没放出来。我想他如果再读两年书，或许不会走上这条路。读完初中虽然不能保证你上高中，但毕竟增长了见识，将来行事会更加稳定成熟。听孙老师说，有些同学初中没毕业就想外出打工，我觉得不行，你累得要死，还挣不了几个钱，也不会有哪个姑娘看上你、嫁给你。奉劝大家：磨刀不误砍柴工，初中毕业再打工。"

"最后一点我想提的是坚持锻炼身体，多运动。可能大家平时不太注意，觉得体育只有50分，在中考中所占比例不是太大，只要平时上体育课练练就得了。高一时，我们班有一个学霸，刚进去时学习成绩基本在班级前5，年级前40。我跟她班级名次相差50多，年级名次差700多。但她一跑步就晕倒，晚上她也不敢熬夜；到高三时，她基本每天上课都会晕倒，经常进医院，最后她在高考中分数只比一本线高一点。我讲这个例子是想大家重视体育锻炼，不要偷懒。尽量多去跑跑步，不仅学习效率更高，还有利于增强体质。"

讲座后听老师学生们说，这次讲座效果还不错。我从心底祝福肖进强，能为着自己的人生目标不懈努力的人，前途是光明的。

12. 张艳和她的干妈

茨营的孤儿、建档立卡贫困户子女和留守儿童一直是我最牵挂的。我能为这些孩子们做的，其实也就是陪伴、启发、引导、咨询与心理疏导，作用有限，并不一定能改变这些孩子们的人生。但是，对张艳来说，她的人生是因为我改变的。

记得第一次与张艳面对面交谈是在2017年5月初。清明节后，曲靖开始进入雨季，气温升高，蚊蝇多了起来。一天早晨跑步时，陈东艳陪着张艳在操场上找到我："孙老师，张艳可能出花了。"茨营农村将出天花叫作"出花"，听她这一说，我大吃一惊。我让张艳撸起袖子让我看，胳膊上有十几处红斑点，她说腿上、身上也有。我问她："你觉得发烧吗？"她说："好像有一点。"我摸摸她额头，没有发烧。我有些奇怪："你小时候没种过牛痘？没打过预防针？"张艳回答："我不知道。""用我手机问问你妈妈吧，家长肯定知道你种没种过牛痘。"张艳低着头，轻声说："我没有妈妈……"我不禁心中一紧。我仔细看看她的胳膊和脸颊，觉得不像是出天花，可能是虫子叮咬引起的。我立即从我宿舍里找出泰国青草膏，让她搽上，又嘱咐她："不要用手抓，抓破了会感染。如果明天早晨这些疹子还不退，就要到医院去看医生。"

第二天早晨天刚亮，张艳已经在操场上等着我了。"孙老师，你看，疹子没有了，这药真灵。"我说："你再接着搽两天，让疹子完全消退。"随后，我轻轻地问她："你见过你爹妈吗？""没有，我从小就没见过他们，有人说我妈妈死了，爸爸出走了……我是爷爷把我抱回来养大的。"我又问："去年国庆节我去你们村，你正在收玉米，那个赶牛车的是谁呢？""哦，那是我姑妈，她和爷爷住在一个村。""平时你回家都要干活吗？""是，爷爷身体不好，我和奶奶要种玉米、洋芋，有时还种菜。""奶奶家里有多少地？""我不知道，有四五块呢。"

张艳提出想到图书室当志愿者，我当然同意了。渐渐地，我知道她家的大致情况。小姑娘性格内向，有些自卑，学习成绩处于中下水平。与其他同年龄的孩子相比，张艳似乎更安静、更拘谨。她有时会带着作业到图书室来做，字写得还算端正。

从班主任那里了解到,张艳家也是建档立卡贫困户。我想到要找个人帮帮张艳,不仅是在经济上,还要在心理上帮助她自立、自强。2017年5月底,我的学生南师附中1988届校友史慧(化名)与我联系,说她想把儿子送到我这里支教40天,还想资助一个农村孩子。我把张艳的情况告诉她,她说可以资助。我开玩笑地说:"就当你认养了个干女儿吧。"

中午在图书室里我告诉张艳,我30年前教过的学生要从美国来茨营看我,她有些惊讶。我说,我在南京当老师时对学生们以诚相待,学生们认为我是个可信任的人。这位学生,要把她在美国读书的儿子送到我这里过个把月。我还对张艳说,我想和这个学生一起去她家(胡家坟村)看看。

2017年7月初,因临近暑假,忙于图书室及留守儿童暑期驿站的事情,我无法去张艳家,只能委托从美国回来的史慧母子俩作为我的代表,租了辆车去胡家坟村的张艳家了。几小时后,史慧在电话中告诉我:"孙老师,张艳家太穷了……如果不是亲眼所见,我不会相信现在还有这样贫困的,她家连张桌子也没有。我马上从网上买

张艳在图书室学习

桌椅给她,还想送她一双鞋,这些都先寄到你那儿,请你转交给张艳……"

暑假中,我把桌椅和运动鞋给了张艳。

2017年8月29日上午,我到了张艳家。

张艳的爷爷身体不太好,时常咳嗽,腿脚也不方便,他说自己已经不能干活了。他告诉我,他的两个儿子不孝,都不能照顾他和老伴,所以,当张艳2岁时,他就收养了这个小姑娘,希望将来能给老两口送终。当着张艳的面,我没有过多地细问。张艳的奶奶年纪与我相仿,她血压高,有时会头晕。

我对张艳说,家里经济困难是事实,但是要相信,家里不能、也不会永远困难下去。要改变贫困,最主要的是自立、自强,人必自助而后人助之。我说,一个人的思想,决定了他的行为;行为逐渐就形成习惯;而习惯形成人的性格,性格就决定了他的命运。我问张艳,人的思想会受哪些因素影响呢?她说受家长、老师和朋友影响。我补充说,还受读书的影响,多读些好书,会从书中获得信心和力量。我要求她多和陈东艳、刘自红交往,在当前,要努力把学习搞上去,要排除各种干扰,集中精力学好文化课。

我与两位老人聊起家常。张艳奶奶告诉我,张艳很懂事,平时星期六、星期天回家,能帮家里做许多事,田地里的许多农活也是她做,上学时给她零花钱,她一般只拿20元。我告诉她,张艳马上就升初三了,明年6月要参加中考。按现在的情况,

我在张艳家中

12. 张艳和她的干妈

张艳只要继续努力，有可能考上高中。如果考上高中，张艳上学的费用我的学生史慧会帮助解决。爷爷说，真不知怎么感谢我和史慧，我对两位老人说，张艳也是我的孙女，我这个爷爷帮帮张艳是理所应当的。

2018年6月，张艳参加中考，中考结束那天，我问张艳考得如何，她觉得试卷还是有些难度的。我向她提出，如果达不到高中投档线怎么办？我建议她回家与爷爷奶奶商量一下，上不了高中就报考职高，学一门技术，这样将来能自己养活自己。

史慧替张艳买了手机，我陪着张艳到镇上手机店里用她的身份证办了手机卡，并给她交了半年的手机话费，让她有情况及时打电话给我和史慧。远在美国的史慧还是30年前的急性子，隔个两三天就打电话问张艳的中考成绩如何。她同意我的意见，认为上职高对孩子将来就业更有利一些。

在焦急中终于等到了张艳的录取通知书，她被曲靖医学高等专科学校（以下简称"曲靖医专"）护理专业录取，五年制高职，前三年的上课地点在丽江中专，后两年回到曲靖医专本部，前三年不交学费，后两年每年学费3000元。我立即将消息告诉了史慧。

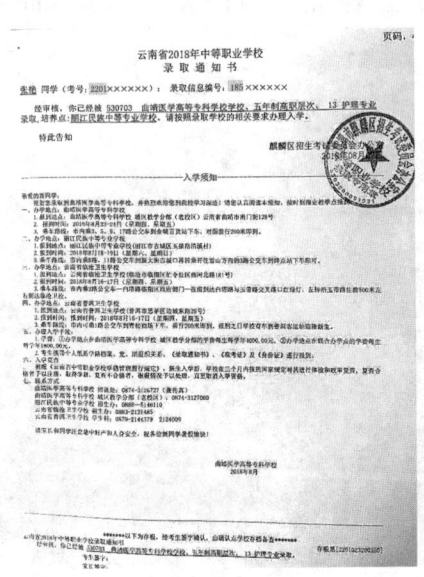

张艳的录取通知书

正所谓"好事多磨"。暑假中，我陪着张艳进城到区扶贫办公室开好"建档立卡贫困户子女"的证明，在百货大楼为张艳置办拉杆箱，做好到丽江护校报到的准备。第二天，我接到张艳电话，她说亲戚们觉得丽江太远，如果她去丽江上学，家中爷爷奶奶无人照顾，而且家里因建水库面临拆迁，亲戚们不同意张艳到丽江读书。张艳告诉我，她已经改报了本地的职中，不用交学费。这下我遇到难题了，是啊，亲戚们提出的的确是实实在在的问题，也许爷爷奶奶这两年就会生病住院，谁来照顾？胡家坟水库大坝即将建成，张艳家拆迁也许就在年内，没有张艳，两位老人如何应对？无奈之中，我将情况告诉了史慧。我说我已经尽力了，实在想不出两全齐美的法子。史慧说她想办法，一定要让张艳读正规的大专。

几天后，史慧告诉我，问题解决了。第一，她负责解决张艳在丽江上学的所有费用；第二，张艳的爷爷奶奶如果生病住院，可请亲戚或村里的乡亲护理，护理费用由她负责；第三，张艳从未出过远门，请亲戚送她到丽江，史慧愿意承担所有车费、住宿费和误工费。我打电话问张艳："你自己有什么意见？"她说她愿意到丽江读书，她非常感谢史慧阿姨。

张艳到丽江后很快给我打了电话，由于是建档立卡贫困户子女，学校安排她到食堂帮助打饭、洗碗，并免费提供中餐和晚餐。张艳还告诉我，史慧要求她每月写一

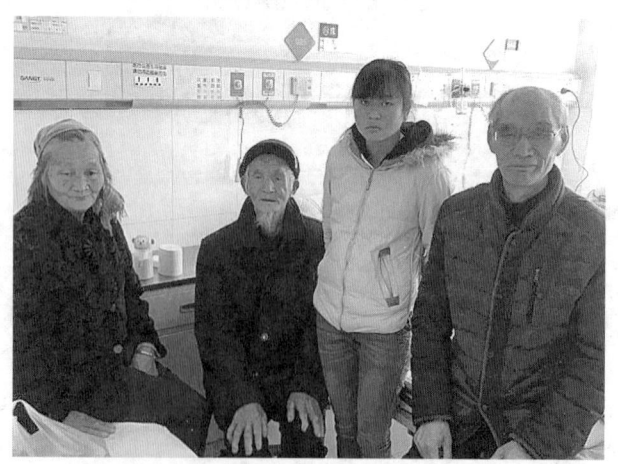

2019年底，我到区医院看望张艳的爷爷奶奶

篇读书笔记，写好后用手机发到美国，史慧修改后再发回。我对张艳说，史慧的这个办法好，30多年前我在南师附中时也采用过类似的方法，这既能扩大学生们的阅读面，也能提升其文字表达能力。

寒暑假回曲靖时，张艳总会给我打电话，有时还到学校来看看。2019年底，从张艳电话中得知，她的爷爷奶奶都生病住院了，我立即赶到区医院。还好，张艳的爷爷是泪囊堵塞引起的眼睛发炎，奶奶是高血压及肾炎，问题都不大。我问及房屋搬迁之事，他们说政府正在盖安居房，估计还要过些时间才能搬。我告诉他们，如果搬迁时不在假期，我想法组织茨营学生去他们家帮忙，让他们安心养病。我突然想起，中专时要学普通话，我问张艳："你现在普通话考试达到什么水平？""二级乙等。"真不错，这与我普通话水平差不多了。

史慧真是一个既严厉又细心周到的干妈，对张艳的学习考虑得无微不至。张艳在她的跨洋指导下，逐渐成长。当然，张艳对我也是尊重有加，她放假回曲靖时总会到学校看我，带些家里种的蔬菜给我，还帮我做些体力活，2020年寒假，她帮我把图书室的所有书架抹了一遍。

2020年寒假，张艳帮我打扫了图书室

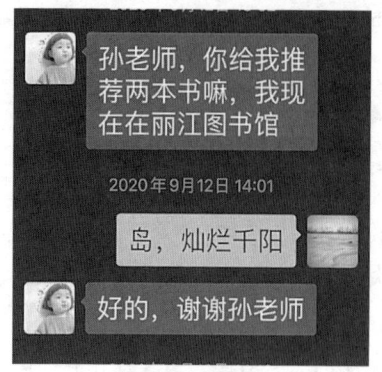

给张艳推荐书目

在丽江三年,张艳按我和史慧的要求,会读一些课外书,有时她还询问我一些有关读书的事项。2020年秋季刚开学,她就发微信给我,让我推荐两本书给她。

2021年,张艳回到曲靖医专读大专。开学前,她来到我家看我。张艳告诉我她们马上要开始一些护理技能方面的学习,我提醒她专业技术可是护理的重头戏,即将学习的注射、备皮、插管等操作,要靠动手实践来掌握。我提醒张艳:"动手操作时要心细,也要大胆,这方面你要向你表姐唐江艳学学。"张艳说:"唐江艳比我有耐心,对人也宽厚,她已经到昆明的医院里实习了。"

我告诉张艳,学习上还是要多下功夫。现在政府对建档立卡贫困户子女在就业政策上有倾斜,同等条件下,建档立卡贫困户子女优先。现在乡村医疗条件大有改善,对医护人员的需求也大,要做毕业后回茨营工作的思想准备。我说:"两年后你毕业,我和你爷爷奶奶都等着你照顾呢。"

"张艳,你的运气真好。你看,在茨营中学读书时遇见了我,又认识了史慧阿姨;在丽江学习的三年中,爷爷奶奶没生大病住院,你可以安心读书;房屋拆迁搬家,正好赶上你放寒假……天助人助,可一定要继续努力。"张艳点点头。

13. 乌蒙山区的贫困户

2021年，我被民盟中央评为"脱贫攻坚先进个人"，朋友们纷纷表示祝贺。在和南京民盟的盟员、南师附中校友及我的同学好友们谈到扶贫工作时，我提到了自己的感受，主要是3点：

（1）这几年扶贫工作取得很大成效；

（2）脱贫不脱钩的政策使脱贫户抗御天灾人祸的能力增强；

（3）建档立卡贫困户的孩子，如果能考上一所较好的大学或高职，毕业后能找到一份体面稳定的工作，就能使自己、自己的家庭和自己的子女不再贫困，有尊严地活着。

退休后这10年在云南贵州的支教，我去的都是乌蒙山的贫困地区。支教，其实也是扶贫工作的重要部分。我觉得扶贫必须先扶志，也必须先扶智，无论是扶志或是扶智，学校教育都是主要阵地。在云贵两地的支教扶贫工作中，通过在云南曲靖的茨营镇和贵州威宁的哈喇河镇的工作与生活，我感觉威宁的哈喇河镇的脱贫工作难度更大。

记得是2013年6月10日早上，我接到哈喇河乡教管站转发的县教育局文件，文件要求全县各学校迅速做好贫困学生的调查统计工作。我要求班主任们立即按文件规定的7项标准，逐个对学生进行登记。

2013年威宁县教育局列出的贫困学生标准是：

（1）孤儿，或父母一方死亡另一方再婚（或下落不明）而被遗弃；

（2）随班就读的贫困残疾学生；

（3）民政部门确认的低保户或县工会确认的特困家庭子女；

（4）革命烈士或因公牺牲贫困家庭子女；

（5）单亲，造成家庭经济困难、生活无着的学生；

（6）二女结扎户家庭的学生；

（7）其他原因（包括父母年迈多病、家庭遭遇自然灾害或突发事件、家庭收入不稳定难以支付正常学习和生活费用）使家庭人均年收入低于1900元的。

截至2013年6月15日，报到我这里的贫困学生共有65人，约占全校学生人数（125人）的一半。65人中，家庭享受低保的有19人，持有残疾证的有2人，单亲家庭4人，留守儿童6人。除留守儿童的比例小于我在曲靖茨营中学2012年的统计外，其他各项指标都高于茨营中学。有些学生家长以为我们要发补助金，纷纷跑上十几里路去找村主任开证明，证明自己家的人均年收入少于1900元。时常还有学生家长到学校找到我，要求给予补助。我和班主任们都告诉这些家长，这只是县文教局了解情况，如果有补助的话，我们会公平处理的。

为了将情况摸实，防止有人弄虚作假，我通知班主任们要看一看学生家庭的相关证件，最好拍下有关证件的照片。二年级学生刘永江家的材料和低保证照片是我自己仔细审核的，最后上报表格也是我签字的。

刘永江的父亲比我年长1岁，母亲为智障人士，数数只能数到10，家中种植10多亩*土豆和玉米，养了1头牛和15只羊。据乡民政部门核定，他家2011年人均年收入为545元。2013年4月家访时，我询问了他们2012年的收入情况：全年收土

刘永江和他的父亲

---

* 亩，中国市制土地面积单位，1亩约为666.67平方米。

豆约 3000 斤，按每百斤 50 元计，此项毛收入 1500 元，除去化肥支出 160 元，纯收入 1340 元；收玉米 1000 斤，毛收入 1200 元，除去种子、塑料薄膜和化肥农药开支，纯收入只有 300 元；因为集市离家太远，家里没有人把羊赶到 15 里远的哈喇河集市或 50 里远的黑石镇去卖，所以家养的 15 只山羊 1 只都没卖掉；养的母鸡下蛋 200 个，收入 100 元。这样算来，2012 年人均年收入 580 元，仅比 2011 年增加 35 元。从低保证上看，2012 年他们家每季度可领到低保补助 292 元。2014 年，他家的收入有了较多增长，家里养的羊卖了几只，每只羊卖 500 元，总收入增加三分之一，但人均年收入仍低于当地贫困线。

刘永江一家很感激我们这些支教志愿者，从我到田字格小学的第一个月起，刘永江几乎成了我的警卫兼跟班，除了上课、放羊和睡觉外，只要外出，我走到哪里，他就跟到哪里，他还给了我一根枣木拐杖，说是他父亲送我的，这棍子既能支撑身体，还可当打狗棍用。在刘永江的带领下，我考察了学校自来水的取水源头、通往马脖子（地名）和火烧坪的小路，还到了一些学生家。

刘永江的学习成绩处于中上等，他有个好的习惯，每天做完作业后，再去放羊或打乒乓球、篮球，我表扬他说这个习惯好，并要求他坚持下去。刘永江经常到我的宿舍来聊天或看我带来的图书，我问他长大最想做什么，他回答说想做阿訇（伊斯兰教教职称谓，意为"教师""学者"），我感到有些惊讶。他说，他想小学毕业去云南的伊斯兰学校学念古兰经，只要会念古兰经，就能到清真寺当阿訇，阿訇每个月有固定的工资（后来我打听到，这其实是威宁县伊斯兰教协会发的津贴，每月每位阿訇约 120 元），而且替人办丧事、杀鸡或替生病的人念经，都有钱拿。一个 10 岁孩子有这样的想法并不奇怪，我告诉他希望他努力学习文化知识，这样将来能寻找到一个好的工作，才能有较多的收入。

2017 年，我与原田字格小学的学生家长通电话，他们告诉我，刘永江外出打工了。初中毕业、没有任何技术，我很难想象刘永江能找到稳定的工作、有固定的收入。也许，他是在镇上哪家小吃店里做服务员？或是在哪处建筑工地上搬砖运水泥？

我的笔记本电脑上保存了 2013 年田字格小学贫困学生情况汇总表，65 个贫困学生分属两个镇两个村委会 7 个自然村的 47 户，田字格小学学生家庭贫困原因，按初步归类，排在前几位的是多子女（占 55.32%）、因病（占 25.53%）、缺技术和资金（占 14.89%）。

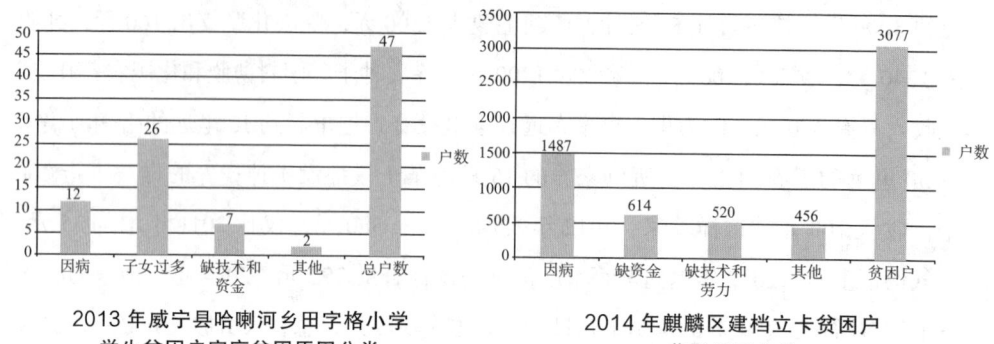

2013 年威宁县哈喇河乡田字格小学
学生贫困户家庭贫困原因分类

2014 年麒麟区建档立卡贫困户
贫困原因分类

2014 年 1 月,我从威宁返回云南省曲靖市麒麟区茨营镇,这时茨营全镇已经开始贫困户的全面排查、甄别、建档工作,有些瞒报收入而自报为贫困户的经核查被退出。当年麒麟区扶贫办公布的全区人均年收入低于 2736 元的建档立卡贫困户共有 3077 户,其中茨营镇有 750 户。

麒麟区扶贫办公布了贫困原因的分类:第一是因病致贫的,全区有 1487 户,占贫困户的 48.33%;第二是缺资金的,有 614 户,占 19.95%;第三是缺技术和劳力的,有 520 户,占 16.90%。

麒麟区扶贫办还公布了全区建档立卡贫困户共 10015 人的文化水平统计,其中文盲、半文盲及小学未毕业的占 66.37%,读到初中和初中毕业的占 25.38%,高中及高中以上学历的仅占 8.25%。与全区相比,茨营镇贫困户的平均文化水平更低。按我了解的情况,茨营全镇建档立卡贫困户中,文盲、半文盲及小学未毕业的占识别人口的三分之二以上,我资助的茨营镇 9 个孤儿的监护人(爷爷奶奶或伯父叔叔)中,没有一个小学毕业,大部分是文盲。许多建档立卡贫困户子女,读到初二或初三上学期,就辍学外出打工了。我想,如果这些孩子能上职高学一门技术,他们的工资会高一些、工作会稳定一些,将来结婚找对象可能也容易一些。

长期以来,我除了在经济上、物质上为建档立卡贫困户子女提供帮助外,对那些学习能力稍强一些的孩子,都极力劝说他们读高中、上大学,并尽力为他们寻找资助人资助学费及生活费。令人高兴的是,全镇建档立卡贫困户的子女中,关向东、丁小保已经大学本科毕业,颜玲玉、颜永丽正在读大学本科,丁旭旭、刘榕、袁志芳大专毕业,张艳、何春荣、关敏瑞正在读大专,陆全波、龚红艳职中毕业,陈东艳、段佳乐、刘东国、李娜等正在读高中。这些农村孩子比其父辈的教育程度要高许多,我相信他们和他们的子女,可能不会再成为建档立卡贫困户了。

每年秋季开学的第一个月,我都要到建档立卡贫困户学生家看看。许多贫困学生家的情况令我至今难忘。

2017年9月,我到了茨营镇整寨村委会的红石岩村代金梦家。从小学提供的材料看,代金梦家是三代人同住,爷爷、奶奶、父亲、代金梦和弟弟,她母亲去世多年,父亲在外地打工。我按学生登记表上留的电话打过去,没有人接。在村口询问村民后,我找到了代金梦家。

代金梦家中十分零乱,家中最值钱的就是一台电视机,许多东西堆放在地上。家中没有桌子,她和弟弟趴在椅子上写作业。爷爷到别人家帮工收稻子去了,奶奶听不懂我的话。我问了代金梦小学时的学习情况,五、六年级她在班上都是前三名。我问她想上高中吗,她说想。

 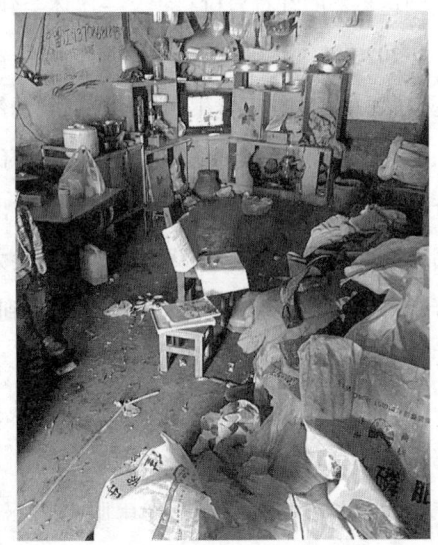

2017年9月,我到了代金梦家

我对代金梦说，家庭贫困是现实，国家正在花大力气帮助脱贫，你和弟弟上学认真读书，才是阻断贫困代际传递的根本手段和最有效的措施。我告诉她，农村孩子经过十二到十六年学校教育，如果能成为一个高中生、大专生甚至是大学本科生，就可能得到一个体面的、有尊严的工作，就可以使全家的生活发生重大改变，实现彻底脱贫。她似懂非懂地点点头。

初一、初二，代金梦的学习成绩都还不错，在年级能排到前100名。我担心她的英语会拖后腿，就让在云南师范大学读英语专业的颜玲玉（也是我资助的茨营建档立卡贫困户子女）利用寒暑假帮她补补课。

没想到的事情发生了，2019年初，已经读初三的代金梦突然不辞而别。同村的一位男生告诉我，代金梦的父亲在贵州打工发生了车祸，代金梦到曲靖城里的烧烤店干活挣钱去了。接连两个周末，我进城在东星小区各条巷子寻找，一直没有找到代金梦。烧烤店的小老板们以为我是检查组的，对我是毕恭毕敬，但是都说没见过这样的女孩。

2020年1月，新冠疫情发生，云南各地学校停课、餐饮店面关门歇业。我想，代金梦会不会回到村里了？可是这段时间交通基本停运，我没法到达茨营，自然也无法到达整寨的红石岩村。我又一次体会到"无可奈何"的滋味。

2020年3月初，茨营中学初三年级各科实行网上授课；3月中旬，中学老师全部返校；3月底，初三学生回校复课，我仍然没见到代金梦。

4月初，中学全面复课。这时，政府及教育部门加强了对辍学学生劝返工作的检查，特别强调必须保证所有建档立卡贫困户子女及孤残儿童一个不落地返回学校读书，并要求所有村委会及扶贫工作组大力配合。茨营中学的老师们那段时间真是辛苦，每天都要劝返，两三人为一组，分到各村委会，一家一家地劝说。由于他们的辛苦工作，我终于在校园里见到了代金梦。

"代金梦，这半年你跑哪里去了？我把东星小区的所有烧烤店都找遍了，你是在哪家打工？"我拉住她问。

代金梦没有回答，一串串眼泪止不住地流下来。我又问："爸爸车祸后怎么样了？""爸爸死了……"我听了心里一阵难受。代金梦成了我在茨营遇到的第9个孤儿。

哭了一会，代金梦告诉我，她缺课太多，没法参加7月的中考，老师们安排她到 1804 班上课。我觉得这个安排很好。"代金梦，1804 班是快班，你学习上不能有丝毫放松，有什么事情尽管来找我。人一生会遇到许多挫折和磨难，咬咬牙挺过去，你就成功了。看过《平凡的世界》和《童年》吗？孙少平、孙少安兄弟，高尔基，他们都是经过多种磨难考验的，你也应该能经住考验，孙老师相信你。"

我在南京的朋友们恢复了对代金梦的经济上的资助，我经常找代金梦聊聊学习、生活。看到她和 1804 班同学能友好相处，我感到欣慰。我让代金梦去"爱心助学文具超市"领衣服和鞋子及文具，她说衣服目前不需要，她只拿了笔和作业本。问到学习情况时，她说这次月考，她的成绩前进了 3 个名次，已位列年级前 30 名。我鼓励她要继续努力，争取明年考上一所好高中。

我对代金梦说，父母为什么给你起名"金梦"，他们是希望你应该有金色的梦想，你必须通过勤奋努力去实现梦想。

2021 年 7 月，代金梦考入麒麟高中。南师附中的校友们继续资助这个孩子。我觉得，她有可能考上大学。代金梦，加油！

14. 图书给孩子们带来希望

茨营中学团委书记徐生钰老师要参加师德师风演讲比赛,她想说说我十年义务支教的事。她问我:"孙老师,这十年里你在云南做了许多事,你觉得最有意义的是什么?"我毫不犹豫地回答:"建立图书室。"

建座图书室,让农村的孩子们有好书可看,能时刻受到不开口老师的引导和教育,是我这十年里想得最多、耗费时间最多、实施过程中出力流汗最多的事,当然也可能是收效最大的事情。

茨营中学的孩子们家庭经济大多不富裕,他们平时很少能读到课外书,更别说自己到书店买书了。如0809班学习成绩优异的王瑞,我问她知道莎士比亚吗,她说老师讲过,我问她读过莎士比亚写的书吗,她说没有;我又问她,知道《堂吉诃德》的作者是谁吗,她摇摇头。初二年级的一个班,学生平均读过的课外书不超过两本。这与城市同龄孩子相比,差距何其大呀!

筹集的图书与杂志

14. 图书给孩子们带来希望

"希望图书室"开放时的景象

"希望图书室"建成后,为了发挥图书的最大效益,在每个班借书之前,我都有一次简短的讲话。在1001班(初一快班,学生基础普遍较好,我给他们上过语文和班会课),我讲话的内容略多一点:

"同学们,欢迎大家来希望图书室借书。现在已经上架的2000多本图书,是全国许多地方的热心人捐赠的,孙老师也花了大量时间进行登记整理。希望大家要爱护图书。

"作为初中学生,大家都应该算是读书人了。读书人有读书人的规矩。最起码,你挑选图书时,不能把书中的登记卡弄掉了,要记得书是从哪个书橱、哪一层拿出来的,如果你不想借,还应按原样放回。如果做不到,孙老师就会取消你一次借书的机会。

"书是人类进步的阶梯,书中凝聚了全人类几千年来的知识、技能及做人的道理,是我们的精神食粮。读完一本书后,我们应该想一想,我从这本书中学到了什么,我又悟出了什么道理,这样你就能在思想上成长一点。时间长了,你就能逐渐成熟起来。

"4月23日是世界读书日。可能我们绝大多数同学从来没有听说、也从来没有参加过这种活动。我觉得,茨营中学的同学们,尤其是快班的同学,应该参加这样的活动，我们不比任何一个国家、任何一个城市中学的学生差。因此，我要求大家读完一本书后，把自己的感受、想法，把自己悟出的道理，用笔写下来，二三百字，七八百字都行。孙老师将给所有写读书心得的同学发奖，奖品是一本练习本。对全校写得最好的10篇读书心得，我将向有关杂志社和报社推荐，争取能在这些杂志、报纸上发表。我觉得茨营中学学生的文章，肯定会登在这些杂志、报纸上的，因为我们许多同学的感悟、心得，是发自我们内心的，是真实的，是具有极大震撼力的。我相信，通过大家的努力，我们中的许多人，会以实际行动，去一步步实现自己人生的理想，去完成我们人生的追求，给自己带来希望，给家庭带来希望，给家乡带来希望，给社会带来希望，这既是我们这间图书室叫'希望图书室'的原因，也是孙老师跑上五千里路到茨营来支教的主要目的。我坚信，同学们绝不会让孙老师的愿望落空的！"

借书时，每个班我都会选几个负责的孩子充当助手，帮助登记借者姓名、所借书名，并且把书卡从书中取出。后来，志愿者人数增多，我挑选了20人，为他们排了个值班表，每人每周服务1~2次。

图书室开放的第一周，就借出了1100本图书。从借书登记的情况看，《淘气包马小跳》《吹牛大王历险记》全部被借出，指导写作文的书也全部借完，内蒙古人民

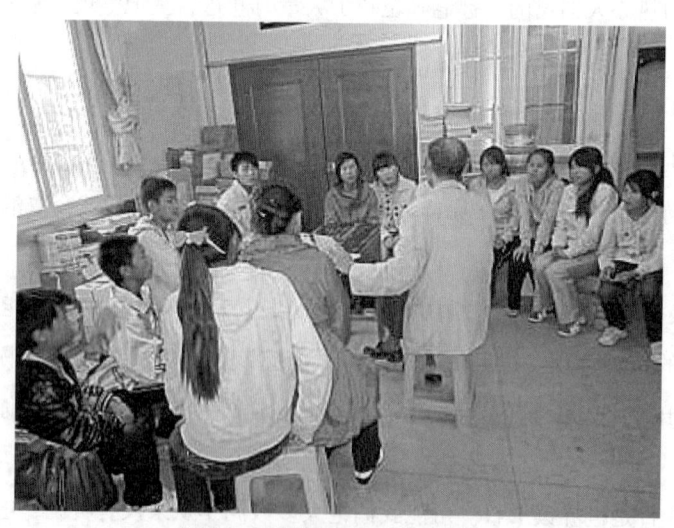

和学生志愿者商量图书借还工作

出版社的《青少年课外阅读精粹》(全15册)和《学生百科必读》(全17册)、延边人民出版社的《新感悟系列丛书》(全22册)、航空工业出版社的《中国青少年成长必读》等系列也很受学生们的欢迎。《假如给我三天光明》《钢铁是怎样炼成的》《上下五千年》等中外名著也是借出率较高的。可惜的是,许多孩子并不知道巴金,有的把《家》《春》《秋》拿起翻翻,又放回书橱,我问:"不想看这本书吗?"几个孩子都是老实地回答:"没什么意思。"沈从文的《边城》、丁玲的散文、《彭德怀自述》等,也少有人问津。看来,需要对农村学生的课外阅读做一定的指导。南师附中的学生武非在电话中建议我组织学生开展读书沙龙,让大家进行交流,我觉得是个好主意。在学校开设的阅读活动课以及和图书室志愿服务者的交谈中,我向学生们推荐了部分书目,如《斑羚飞渡》《红岩》《追风筝的人》《岛》《青铜葵花》《平凡的世界》《神秘岛》《人性的弱点》等。

图书室建成了,学生们有课外书看了。但读书不是目的,育人才是我开办图书室的目的。效果如何呢?我觉得可以通过学生的读书心得了解一下。

2011年3月30日下午,我参加茨营中学语文教研组活动,向全体语文老师提出,能否利用语文课给学生讲讲如何写读书心得,本学期的作文中最好有一篇是写读书心得。3月31日下午第3节课,我又到1001班给学生上语文课,课题是"我的读书生涯",主要谈了谈从1968年到1978年这10年来,我如何在农村坚持每天读书充实自己,最终能在高考中以优异成绩进入大学学习的情况。由于是我的亲身经历,孩子们听得非常入神。

学生们在图书室这儿借的大多是励志类、科普类图书,中外名著借得相对较少。科普读物,能增加农村学生的知识,我觉得学生应该能写出些东西,例如书中有关于航天方面、科幻方面他们原先不知道的事情,使他们眼界大开。励志书籍,能使农村学生从中找到自信,悟出成才的艰难心路,感知亲情、友情,也能写出一些感想,但不知能否写出一些高质量的体会来。

2011年4月6日开始,陆续有学生到我的"希望图书室"来交读书心得了,凡是交心得体会的学生,我都兑现了我所做的承诺,奖给他一本练习本。4月6日这一天我大约收到了50多份读书心得,全部是初一学生的。到晚上10点,这50多篇心得我全都仔细看完了,学生们没让我失望,至少有十几篇写的是学生们真实的想法。用了两个晚上的时间，我把我认为写得较有特点的几篇输入了电脑。下面的两篇也在其中，基本保持学生文章的原貌，我只改正一些错别字，或删去一些不太通顺的句子。

成功的秘诀——读《假如给我三天光明》

人生在世，没有绝对的失败，有的只是你看待问题的心。在失败的时候，只要坚强，保持一颗平常心，就一定会成功。

当我翻开《假如给我三天光明》后，我的心不禁一震，这个又聋又盲的小女孩，用自己的意志和不懈的努力，在老师沙利文女士的帮助下，打破了无边的黑暗和寂静，并且掌握了书面语言，最后还学会了说话，学习了法语、德语及拉丁语，甚至和耳聪目明的女子一起从顶级的哈佛大学拉德克利夫学院毕业。她身处逆境时的奋争和取得的成就打动了我，她的名字深深地印在我的心中。

海伦·凯勒不屈服于命运的不公，也不怨天尤人，她接受了命运的挑战。一个既看不见又听不见的人的世界是一个封闭的世界，海伦·凯勒以她永不言败的精神打破了这个封闭的世界，她时时刻刻按一个正常人的标准来要求自己，绝不因残疾而降低对自己的要求，也绝不因残疾而自暴自弃。

海伦·凯勒取得杰出的成就，主要是因为她不言败的精神，当然也不乏沙利文小姐的帮助。沙利文小姐将自己的一生献给了教育，全身心地帮助海伦·凯勒，使海伦的生命价值得到最大的体现。如果一个正常人在成长过程中需要社会关爱的话，那一个残疾人就更是如此了。社会对残疾人的关爱程度反映了社会的文明程度和这个社会的素质。如果海伦·凯勒没有获得社会的支持和沙利文老师的帮助，即使再怎么努力也不会取得这样的成就；相反有社会的支持和帮助，没有海伦·凯勒自己的努力，她也不会取得这样的成就。总而言之，一个人要想取得成就，一是别人的助力，二是自己的努力。

只要看重自己，自我珍惜，生命就会有价值、有意义。因为欣赏自己，也是人生智慧的一部分。当自己走在人生的大道上，遇到艰难险阻的时候，只要像海伦·凯勒一样，不屈服于命运，努力同命运做斗争，就一定会成功的。因为失败并不可怕，可怕的是面对失败你将做出什么决定。有时候，一个错误的决定可能会影响一生的前途。

一本好书如一缕温暖的阳光，照耀着我们放飞的心灵；一个小故事如一盏明灯，指引着我们前进的方向。

茨营中学 1001 班　朱慧敏

还有一篇是我到 1009 班时收到的，写得也不错。南京城里的初一学生能写出这样文章的也不多。

看《小问题大知识》有感

人生最大的学问莫过于获得心灵的智慧，人生最大的快乐莫过于荡涤心底的尘埃。当岁月如流沙般从我们身边泻过，种种关于人生智慧的故事，像烙印一样深深铭刻在我们心里，直到我们穿越风雨、长大成人，直到我们勇往直前、把石头磨炼成金子。

在成长过程中，一个人的心智，将直接影响人生的道路。这本书里的每一个小故事都包含着一个智理，每一篇故事都来自经典，每一篇故事都散发着智慧的光芒，篇篇都充满了耐人寻味的真理，每一次都使我产生心灵上的震动。阅读一个个青春灵动的小故事，去感悟一颗颗心灵，去享受一次又一次的精神盛宴。而其中博大奥妙的智慧，像甘泉般滋润着我们的心，净化着我们的灵魂，驱散眼前的迷雾和照亮黑暗，让我们看清自己的人生道路，指引我们走向人生的巅峰！每篇故事的总结性语言，如同熊熊燃烧的思想火炬，画龙点睛，精辟独到，直抵心灵深处，让青少年在紧张繁忙的学习中可以静下心来沉淀自己、关爱自己，用力量和智慧，更加自信地去追逐内心的憧憬和梦想。

书总是给予我们青少年很多的希望——希望我们健康成长，希望我们幸福生活，希望我们……智者说："一花一天国，一树一菩提，一沙一世界。"而真正的智者，往往从细节之处着眼于整个世界，从小事中领悟真正的智慧。一滴水里蕴藏着浩瀚的大海，一个小故事里孕育着博大的智慧。智慧不仅仅是智力、聪明，还包含着更丰富的内容。拥有智慧意味着事业更成功，生活更幸福。

愿每一篇小故事似涓涓细流，在我们心田缓缓流淌，在人生路途中渗透生命的每一个脚步，使我们获得心灵的洗礼，在品味中得到智慧、启迪、愉悦与感悟，认清人生的价值和快乐，创造出五彩斑斓的人生！让我们怀着一种暖暖的阅读情怀来领悟

和刘榕交谈

人生的真谛吧！在这里的每一次驻足沉思，都会让我们体验到新的人生美景，让智慧与力量涌入我们的心间，用心感悟智慧的乐趣，让知识的甘露清泉流入我们的心田。

茨营中学1009班　刘榕

到2011年4月13日，我一共收到学生的读书心得350多篇，每一篇我都认真批改了，有些还写了几句评语。另有150篇左右是语文老师在批改作文后向我推荐的。按我的调查，凡是想读书、爱学习的学生都交了读书心得，我的初步目的达到了。此外还有180多位学生交的是一张小纸片，上面只写了班级、姓名、所读图书名称，但没有写体会，有且仅有简单一句"这本书太好看了"。

农村中学的学生们文化水平差异很大，有些学生原来的基础太差，心得写得不通顺，错别字也多，我看起来很吃力。但我觉得扩大学生阅读面这条路没有错。我自己的经历告诉我，阅读，尤其是阅读中外经典，无论是从培养一个人的文化气质、增长他的知识方面来说，还是从拓宽他的精神视野方面来说，都具有非常重要的意义。图书室为茨营的孩子们打开了一扇能看到广阔世界的窗户，只要能坚持下去，这些孩子写上三次五次、八次十次后，他们的写作水平会提高的，伴随他们写作水平一起提升的，则是他们视野的开阔、人格的成长、正义善良之心的确立。不信，请看一位连曲靖城都没去过的、学习成绩也不太好的山区小女孩的心声：

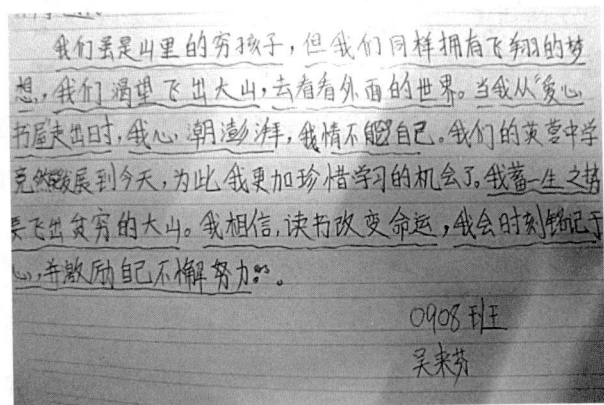

吴来芬读书心得

读书心得优秀作品展

那天晚上初看吴来芬这篇读书心得时,我感到像喝了一杯白酒,心跳突然加快。没有在0908班上过课,我记不起吴来芬的模样。这篇300多字的读书心得,语句不是太通顺,还有错别字,用词也有不妥之处,但是,"我蓄一生之势,要飞出贫穷的大山"这句话令我感到深深的震撼。我把吴来芬的这段话在电话里告诉我南师附中的学生们,并对他们说,我会更努力帮助农村的学生们,使他们中的一部分能进入大学深造。而且我相信,农村贫困生们进入大学,一定会发奋图强,以勤奋刻苦的精神,开启人生之路。

我把写得较好的30篇读书心得整理好,从总务处找了两块木板,把这些心得贴在板上,在全校展出。

活动板房图书室使用了3年半。在这座50多平方米的板房里，曾汇集来自南京、上海、扬州、常州的几十家单位和近千名爱心人士捐赠的20000多册图书和5000余本杂志。先后有2800多名学生在这里挑选过他们心仪的图书和杂志。这座板房还曾经是我半年多的宿舍兼厨房，也曾经被"行动中国"社团作为暑假电脑培训教室，有十几个农村孩子在这里学会使用电脑。

2013年9月，国家下拨给茨营中学460多万元农村学校危房改造专项经费，再加上省、市下拨的400多万校舍基建资金，茨营中学用这笔专项经费建成了一幢六层的新教学楼。2014年9月，新教学楼交付使用，原先老教学楼教室腾出做男生宿舍。学校领导建议我将图书室搬到老教学楼二楼的教室里，这教室的面积有80平方米。我和学生志愿者花了近10天的时间，将书架拆开、搬运到教室里再装好，又将近9000本图书和2000本杂志蚂蚁搬家似的从学生食堂二楼的活动板房搬到这里。

2014年9月10日，图书室在新址开放。我专门进城做了一个"希望图书室"的牌匾钉在门口。原来的活动板房在为全校学生服务1270天后，就成为图书仓库储藏室。

2015年开始，由于学籍管理制度的变化（外出务工人员子女可随父母外出上学），再加上曲靖一些民办初中的开设，茨营中学的学生逐年减少，班级由原来的30个减少到18个，后来又减少到16个、14个，教室有了富余，而80平方米的图书室仍显拥挤，许多图书只能堆放在仓库（板房图书室）里。于是我又申请将图书室扩大。

图书室牌匾

2016年7月和8月，利用暑假时间，学校请建筑工人将两间教室打通，重新粉刷，重新安装电灯和窗帘，一个180平方米的像模像样的图书室出现了，学生们阅读的环境更好了，可读的图书更多了。当年中考结束后，茨营中学的应届毕业生自发地到学校来帮我打扫新图书室和装卸、搬运书架，外出读大学正在茨营度暑假的往届毕业生也闻讯来到学校，与我一起搬运图书。

目前，"希望图书室"上架图书26000余本，杂志3000册，字典150本，教辅材料500多本，基本能够满足全校师生的需求。可能因为图书室里环境比较安静，经常会有些初三学生坐在图书室内的地上阅读图书和杂志，他们告诉我，平时作业多，无法看整本的图书，所以趁作业不多时，来图书室看上一小段。我为这些学生准备了一些凳子，一些初三的学生就成了只看不借的阅读者。

支教助学工作有些可以量化，有些是无法量化的，图书对茨营学生的影响就无法量化。我能报出"希望图书室"有多少图书，每天图书周转量有多大，某位同学本学期借了哪些书。但是，我无法回答诸如"阅读图书使多少学生考入大学？""读书使哪些贫困家庭脱贫？"这类问题。不过，我可以非常肯定地说，图书阅读使茨营的一些孩子找到了自己人生的定位，书本垫高了他们的人生高度。

趁作业不多时，初三学生来图书室看书

新图书室（2016 年）

整理新图书室（2016 年）

师生在新图书室合影（2016 年）

15. 到吴关村走访

2021年1月20日下午，茨营中学初一、初二年级学生考试结束，学生们开始放寒假。我随着回家的学生们一起沿龙潭河向北走，到吴关村学生家走访。

我这次走访的重点是赵雄（化名）、赵欣（化名）家，这是双胞胎姐弟，他们家曾是建档立卡贫困户。

2020级初一新生入校不久，我就找过赵欣，让她谈谈自己的学习情况。从她的叙述看，小姑娘学习目的是明确的，学习也比较刻苦，我觉得如果引导得当，这孩子能上高中、大学。南京民盟盟员想让自己的孩子与农村同龄学生交朋友，我推荐了赵欣。十几天前，赵欣已经和她们通了信。

沿着龙潭河边新修的马路我和赵欣边走边聊天，她说今天妈妈到别人家帮助做饭去了，所以不能到学校来接她和弟弟。她还说考试不太难，下午阅读考试，考到《朝花夕拾》和《西游记》，她都答出来了。

我找赵欣谈了谈学习情况

双胞胎家门口的脱贫蓝牌

半个小时后,我们到了吴关二村。弟弟赵雄已经到家了。他家的门上,脱贫的蓝牌十分醒目。

听他们说,父亲和哥哥都在曲靖打工,很少回家。他们家的房子是2017年建成的,面积大约有80平方米,屋里粉刷了,外墙没有粉刷。房子只建了一层,但预留了建二层的钢筋接口和楼梯。屋里的墙面上,贴了姐弟二人在小学时得的奖状。我以为赵欣的奖状会多一些,赵雄说他和姐姐的奖状一样多,都是7张。他还说,有的时候他的数学成绩要比姐姐好。我说,姐弟俩在学习上应该展开竞赛,比学赶帮,我会给优胜者发奖。

在赵雄的床边,我发现放着一摞书,有些是从我的"希望图书室"借的,有些不是。赵欣说,他们有时会到城里书店买些书,我听了很高兴。谈到读书,赵雄说他最喜欢《小王子》这本书。这姐弟俩对外国作家的作品还挺感兴趣,我看到他们借的书中有《追风筝的人》《摆渡人》《偷影子的人》。这几本书中,我只看过《追风筝的人》,赵欣说《摆渡人》写得也很感人,她们班上好多人(尤其是女生)都看过这本书,这本书还有续集《摆渡人2》呢。

赵雄床边，放着一摞书

墙上贴的姐弟二人的奖状

我表扬了这姐弟俩，告诉他们多读书能开阔眼界，能提升自己的思想境界。我问："《清华北大不是梦》是你们自己买的？"他们点点头。人贵有志，这姐弟俩是有奋斗目标的。虽然对他们来说，考上清华北大可能很难，但只要努力拼搏，他们至少会比父母生活得更好。

我想和姐弟俩照张相，可是村子附近没有人。

我想起茨营中学1001班的丁小保也是住在吴关二村的，大学放寒假他应该回家了。我就往北走了几家，凭9年前的印象敲了敲门，丁小保开门出来了，他帮我们拍了张合影。

随后，我到了丁小保家。她妹妹丁旭旭也放假在家。

丁小保比两年前又胖了一些，他说最近的生活没有规律，我劝他要改掉一些不良习惯。我对小保说："许多看起来不起眼的小事，背后折射出你的自律能力，没有自我约束、自我监督能力的人，做不成大事。"他点点头。他告诉我，不久前他参加了研究生考试，想从事教育工作，我觉得这个想法不错。但愿2月份考试成绩出来，他能如愿。和9年前相比，丁家的院子没有明显的变化，只是房檐下装了一个小电子设备，小保说那是个微型太阳能灯，晚上用来照明。丁小保的爷爷奶奶和我是老朋友了，他们告诉我，小保的父母都在西双版纳打工，他们担心受新冠疫情影响，小保父母春节不一定能回家。

丁小保的奶奶与我同龄，70多岁的人，家中的农活基本上都是她干，她说谢谢我这9年多对她家的帮助。我对她说："你这几年真不容易，尤其是2014年给旭旭治病的时候。好在熬过来了，如今，只要身体健康，就不愁没有活路。"

一家人要我留下吃饭，我婉言谢绝了，我答应小保考上研究生时我会再来的。

在丁小保家门口

和丁小保、丁旭旭等合影

16. 学生阅读情况的分析

2016 年，麒麟区图书馆帮助我在"希望图书室"安装了 Interlib 图书馆集群管理系统，图书的借、还都用扫码枪操作，大大提高了工作效率。这个管理系统还有个强大的功能，能进行多方面的统计，对我了解学生的阅读情况很有帮助。

在麒麟区图书馆信息管理员小彭的帮助下，我从区图书馆的主服务器上下载了茨营中学希望图书室 2020 年 9 月 1 日到 2021 年 1 月 23 日的统计资料。利用寒假时间，我对这 5 个月的借阅资料进行了几项分析。

第一方面是这一学期茨营中学学生图书借阅量。

表 1　图书文献借还册次统计

借阅分馆：麒麟区茨营中学；
统计类型：借阅统计；
统计时间：2020-09-01 至 2021-01-23

年月份	2020 年 9 月	2020 年 10 月	2020 年 11 月	2020 年 12 月	2021 年 1 月	合计
册次	781	641	821	968	312	3523

统计日期：2021-01-25　09：29：23　统计人员：admin

这学期茨营中学学生总人数在减少，现在全校总人数 670 人，一学期人均借阅图书 5.26 本，因此推算全年人均借阅 10 本左右，比 2018 年、2019 年略低（那两年人均借阅量都超过 11 本）。我觉得主要是因为这届初三学生借阅量减少，许多初三学生只到图书室来借杂志，他们告诉我，作业量太大，没有时间阅读课外书，课间休息只能翻翻杂志，松一松绷紧了的神经，缓解一下紧张的情绪。

第二方面是列出本学期读者借阅排行榜。

表2 读者借阅排行榜

序号	读者证号	读者姓名	总借阅次数	序号	读者证号	读者姓名	总借阅次数
1	00015402	王子辉	51	26	00015279	李××	26
2	00015488	颜 磊	47	27	00015487	王××	25
3	00015453	王雅琪	46	28	00015400	傅××	25
4	00015411	蔡××	44	29	00015182	王××	25
5	00015359	唐××	40	30	00015199	李××	25
6	00015483	关××	40	31	00015405	胡××	25
7	00015387	杨××	38	32	00001592	杨××	23
8	00015485	代××	36	33	00015408	王××	23
9	00015344	徐××	36	34	00015190	杨××	23
10	00015409	肖××	35	35	00015259	旷××	23
11	00015441	陈琦源	35	36	00015348	蔡××	22
12	00015477	李××	34	37	00015301	陈琮源	22
13	00015180	周××	33	38	00015389	杜××	22
14	00015209	袁××	32	39	00015183	陈××	22
15	00015258	邓××	32	40	00015225	李××	22
16	00015331	李××	31	41	00015375	陈××	22
17	00015436	陈琨源	28	42	00015338	张××	21
18	00001548	刘××	28	43	00015217	胥××	21
19	00015395	叶××	27	44	00015276	徐××	20
20	00015046	陈××	27	45	00015213	唐××	20
21	00015329	顾××	27	46	00015044	赵××	20
22	00015184	赵××	26	47	00015334	颜××	20
23	00015197	李××	26	48	00015194	肖××	20
24	00001471	刘××	26	49	00015391	杨××	20
25	00015186	胡××	26	50	00015396	陈××	20

这一学期里学生借书最多的有 51 本，排名前 17 的都是初一学生。陈琦源、陈琨源、陈琮源三胞胎兄弟都在这个名单上。这三胞胎分在初一的两个班，每到星期一中午，他们常常是不吃中饭，先到图书室借书。三兄弟最喜欢的书是沈石溪写的动物小说。

第三方面我想知道学生们最喜欢看哪些书。这遇到了一些问题，我们现在使用的图书馆自动管理软件只能统计出每一本书的借阅次数，我的"希望图书室"里许多图书都有复本，如《平凡的世界》有 32 套 96 本，《朝花夕拾》有 61 本，《狼王梦》有 12 本，《笑猫日记》有 8 套，《草房子》有 50 本，但软件无法把同名的书进行归类合计，只给出下面每本书的统计表：

表 3　图书借阅次数统计

书名	著者	借阅次数
神隐大陆. 11. 伊利亚的通天神殿	牧　村	11
笑猫日记/小猫出生在秘密山洞	杨红樱	11
超级僵尸老师	葛　冰	11
丁克舅舅	杨红樱	10
半小时漫画世界史	陈　磊	9
太阳神的囚徒	（比）埃尔热	9
封神演义	（明）许仲琳	9
我不想当隐形人	赵　静	9
一只猎雕的遭遇	沈石溪	8
魔法恐龙人	笑江南编绘	8
笑猫日记/樱桃沟的春天	杨红樱	8
你问我答科学漫画. 体育与运动卷	笑江南编绘	8
公主驾到：漫画版. 2	热　麦	8
虎娃金叶子	沈石溪	8
笑猫日记/从外星球来的孩子	杨红樱	7
雪豹悲歌	沈石溪	7
笑猫日记/想变成人的猴子	杨红樱	7
加菲猫/第一季/横空出世系列	戴维斯	7
大鱼之道	沈石溪	7

续表

书名	著者	借阅次数
一头灵魂出窍的猪	杨红樱	7
幸运兔精灵. 4. 我是倒霉大明星	葛竞	7
鸟奴	沈石溪	7
朝花夕拾	鲁迅	7
孩子们的秘密乐园	杨红樱	7
植物大战僵尸. 植物必胜故事 1	高洪波	7
神奇探知历史漫画. 南宋时期	笑江南编绘	7
寻找黑骑士	杨红樱	7
枪械：经典名枪的战事传奇	《兵典丛书》	7
赛娜的身世	嘉贝丽·文生	7
植物大战僵尸 2. 多格漫画. 2	笑江南编绘	7
朝花夕拾	鲁迅	6
小王子	圣埃克苏佩里	6
笑猫日记/小白的选择	杨红樱	6
植物大战僵尸. 水晶头骨	笑江南编绘	6
雄狮去流浪	沈石溪	6
笑猫日记/永远的西瓜小丑	杨红樱	6
公主与妖怪	麦克唐纳	6
笑猫日记/幸福的鸭子	杨红樱	6
遥望宇宙：地面天文台	世界图书出版	6
朝花夕拾	鲁迅	6
温暖的豆荚旅店	段立欣	6
星太奇. 21	奥冬. 兰兰	6
淘气包马小跳系列/小大人丁文涛	杨红樱	6
云朵上的学校	杨红樱	6
浪掷少女	项斯微	6
沧桑岁月稠	宋凤仪	6
残狼灰满	沈石溪	6
刀疤豺母	沈石溪	6
植物大战僵尸. 植物学校. 2	黄宇	6
身陷魔咒	伍尔夫布兰克	6

按照我平时的观察,这学期《朝花夕拾》应该是借阅量最大的,在上面的统计里,三本《朝花夕拾》的借出次数分别是 7、6、6 次,图书室 61 本《朝花夕拾》借出总次数肯定超出 100 次。沈石溪的动物小说和杨红樱的《笑猫日记》,仍然是学生们最喜欢看的图书。曹文轩写的小说我也采购了不少,不知什么原因,没有一本进入排行榜前 50 名的。

第四方面是学生借阅历史查询。我把读者排行榜前 6 位学生的借阅历史都调了出来。排名第一的王子辉是初一的男生,5 个月里他从图书室借了 51 本图书。

表 4 王子辉借阅图书统计

文献条码号	书名
[QL15008454]	西游记
[QL15021115]	希腊神话故事
[QL15026451]	球球老老鼠
[QL15025719]	太阳神庙事件. 3
[QL15025777]	极品爆笑多格漫画. 17
[QL15003905]	西游记
[QL15026454]	笑猫日记/樱桃沟的春天
[QL15011284]	一只猎雕的遭遇
[QL15019298]	大明星的护身符
[QL15011917]	神隐大陆. 11. 伊利亚的通天神殿
[QL15026637]	笑猫日记/小白的选择
[QL15026450]	笑猫日记/小猫出生在秘密山洞
[QL15025474]	西顿动物记. 5. 红颈环的林中悲歌
[QL15026601]	笑猫日记:想变成人的猴子
[QL15011770]	狼王梦
[QL15011613]	鸟奴
[QL15011624]	雪豹悲歌
[QL15011658]	牧羊神豹
[QL15018899]	魔法恐龙人
[QL15026640]	笑猫日记/保姆狗的阴谋
[QL15024029]	天下奇闻大观

续表

文献条码号	书名
[QL15023695]	洞穴玄机之被遗弃的外星人
[QL15021384]	UFO未解之谜
[QL15000066]	谁动了我的奶酪?
[QL15021729]	科学伟人诺贝尔
[QL15021640]	戴面纱的房客
[QL15026429]	密室大逃脱：彩图版．沉船幻影
[QL15026426]	密室大逃脱：彩图版．头号玩家
[QL15021721]	篮球明星姚明
[QL15006506]	城南旧事
[QL15021713]	大发明家爱迪生
[QL15025476]	西顿动物记．10．超越生死的友谊
[QL15025471]	西顿动物记．8．令人敬佩的飞行勇士
[QL15003969]	西游记
[QL15021761]	总司令朱德
[QL15021760]	人民公仆刘少奇
[QL15021726]	钢琴诗人肖邦
[QL15021766]	国画大师齐白石
[QL15021770]	科圣张衡
[QL15009833]	爱因斯坦的故事
[QL15025161]	老人与海
[QL15011801]	牛顿和他的地心引力苹果
[QL15019297]	中国寓言故事精选
[QL15019301]	中国童话故事精选
[QL15021765]	巧匠之祖鲁班
[QL15000065]	爱的教育
[QL15010262]	百万英镑
[QL15009489]	潘朵朵的魔幻日记．电子宠物大反攻
[QL15023566]	身陷魔咒
[QL15021576]	突如其来的足球赛
[QL15025678]	活宝三人组．侦探队

16. 学生阅读情况的分析

这个学生阅读面较广，尤其使我高兴的是他看了《总司令朱德》《人民公仆刘少奇》等许多人物传记，这对他以后的成长是会起引导作用的。

排行榜上第二名是颜磊，这是个快班的男生，开学不久后他找到我，说想到图书室来当志愿者，说这样能读到更多的好书。他还询问图书室有没有《镜花缘》，我告诉他只有一本，借出去没有还回。听学生们讲，颜磊的学习成绩名列前茅。颜磊借的书是：

表5　颜磊借阅图书统计

文献条码号	书名
[QL15005310]	骆驼祥子
[QL15021156]	海底两万里
[QL15000373]	聊斋志异
[QL15026607]	朝花夕拾
[QL15024297]	中医药材
[QL15006506]	城南旧事
[QL15025853]	你问我答科学漫画. 合集4. 天文卷
[QL15011988]	呼兰河传
[QL15025308]	恶魔校长. 5. 神秘的绿手
[QL15025777]	极品爆笑多格漫画. 17
[QL15026664]	植物世界
[QL15025356]	青春流星
[QL15026256]	植物大战僵尸2. 极品爆笑多格漫画. 2
[QL15000437]	格列佛游记
[00012345]	朝花夕拾
[QL15019821]	神奇的水下生物
[QL15010823]	探寻植物奥秘
[QL15025518]	大自然趣闻
[QL15018332]	动物世界：图文版
[QL15011492]	黑熊舞蹈家

续表

文献条码号	书名
[QL15011449]	疯羊血顶儿
[QL15011283]	大鱼之道
[QL15011468]	虎娃金叶子
[QL15011613]	鸟奴
[QL15011418]	一只猎雕的遭遇
[QL15011420]	白象家族
[QL15011436]	混血豺王
[QL15026164]	导盲犬迪克
[QL15009147]	雄狮去流浪
[QL15009111]	双面猎犬
[QL15011624]	雪豹悲歌
[QL15011438]	王妃黑叶猴
[QL15009107]	残狼灰满
[QL15011417]	刀疤豺母
[QL15011430]	骆驼王子
[QL15011623]	红飘带狮王
[QL15011658]	牧羊神豹
[QL15011484]	残狼灰满
[QL15011282]	象母怨
[QL15011614]	兵猴传奇
[QL15011288]	斑羚飞渡
[QL15011619]	再被狐狸骗一次
[QL15009067]	戴银铃的长臂猿
[QL15011290]	和乌鸦做邻居
[QL15011751]	最后一头战象
[QL15006640]	开启智慧的160个中国民间故事
[QL15011033]	狼王梦

颜磊这个学生对沈石溪所写的动物小说十分喜爱，沈石溪动物小说一套共有28本，他看过了27本。他读了《呼兰河传》后，曾经和我讨论过萧红及她的作品，我感觉颜磊的总结归纳能力挺强。

排行榜上的第三名是王雅琪。她借的书有：

表6　王雅琪借阅图书统计

文献条码号	书名
[QL15026408]	朝花夕拾
[QL15026635]	笑猫日记/那个黑色的下午
[QL15019165]	别让春天说寂寞
[QL15020930]	问世界性为何物：解读性心理障碍
[QL15026633]	一头灵魂出窍的猪
[QL15026601]	笑猫日记：想变成人的猴子
[QL15026638]	寻找黑骑士
[QL15011925]	丁克舅舅
[QL15011423]	红飘带狮王
[QL15011657]	白象家族
[QL15026640]	笑猫日记/保姆狗的阴谋
[QL15026631]	笑猫日记/幸福的鸭子
[QL15026637]	笑猫日记/小白的选择
[QL15018459]	外星人未解之谜
[QL15025892]	王冠宝石案
[QL15026191]	公主驾到：漫画版.2
[QL15026636]	蓝色的兔耳朵草
[QL15026634]	云朵上的学校
[QL15009268]	王子复仇记/青少版
[QL15011932]	淘气包马小跳系列/小大人丁文涛

（续表）

文献条码号	书名
[QL15026632]	笑猫日记/会唱歌的猫
[QL15026608]	笑猫日记/樱桃沟的春天
[QL15026601]	笑猫日记/想变成人的猴子
[QL15026449]	笑猫日记/从外星球来的孩子（借阅2次）
[QL15026453]	笑猫日记/永远的西瓜小丑
[QL15006055]	凤凰面具
[QL15026450]	笑猫日记/小猫出生在秘密山洞
[QL15026318]	神秘的宇宙
[QL15010256]	百万英镑
[QL15019367]	黑色克沙尔鸟
[QL15024183]	世界考古未解之谜：图文版
[QL15020269]	三十六计
[QL15008282]	朝花夕拾
[QL15021568]	西游记
[QL15008331]	爱丽丝漫游奇境
[QL15008627]	小王子
[QL15005352]	傲慢与偏见
[QL15023080]	安徒生的童话
[QL15006432]	公主与妖怪
[QL15008646]	搞掂魔鬼上司
[QL15021809]	怪物总动员
[QL15023924]	满天的星座
[QL15021887]	木偶人咒语
[QL15021427]	外国童话故事精选
[QL15021427]	外国童话故事精选

16. 学生阅读情况的分析

这位王雅琪是个很有个性的学生。2020年9月开学第一天，她就到图书室问我，图书室里是不是什么书都有，我说学生们爱看的图书大多数都有，缺少的我会想办法去购买。她就问《笑猫日记》这套书23本都有吗，我告诉她有人借过《笑猫日记》后没有还，书架上可能不全，可以到贴有"X"标签的那层书架上找。很快她找到了一本《笑猫日记》。她询问我，找书是不是有什么规律，我告诉她是按书名首字的汉语拼音排序的。她观察了一会儿，就说愿意帮我把图书上架。我看着她把一些刚还的图书放在相应的书架上，居然没出错。她得意地告诉我，小学时她的汉语拼音考试经常拿全班第一。她希望我多买些《笑猫日记》。不久，我又购买了一套《笑猫日记》，王雅琪非常开心。从此，每逢借书时，王雅琪都要和我聊上几句。

熟悉以后，王雅琪告诉我，她是2004班最"淘"的人，这个淘是曲靖方言，是指淘气、爱捣蛋、不考虑他人感受、不计较得失、不遵守规矩的意思。我问她："那老师、同学都喜欢你吗？"她摇摇头。"你为什么不能管住自己呢？""我太急躁，脾气又坏……"我笑了："脾气也是可以改的，你不应该动不动就和同学吵架，更不能动手打人，我知道有时你是为同学帮忙、出气，但只要骂人、打人，事情的性质就变了。"她告诉我，她的父母离婚了，有人说她是有人养无人管的孩子，她因此很生气，所以常常与人吵架。我表示："父母离婚你没有责任，别人的闲话就由他们说，你管好自己就行。"

2020年12月，王雅琪向我提出到图书室当志愿者，我同意了，但约法三章：不许骂人，不许打人，不许破坏借书规矩。她答应了。

王雅琪的理解能力不差，动作也快，有时我还夸奖她两句。她指着"诚信读者专柜"问我，什么人能成为诚信读者。我告诉她评选标准后，她经常会从电脑上看看自己有没有图书借阅超期的，说如果超期就不诚信了。果然，这次统计时她进入年级前十，成为诚信读者了。我希望这个单亲家庭的孩子，能在图书的影响下，逐步改掉身上的缺点。

几十年前，我读过一首诗："莫道儒冠误，读书不负人。达而相天下，穷则善其身。"我想，让农村的学生们多读一些好书，用书本垫高他们的人生高度，应该是我长期的义务和责任。

17. 田字格助学机构

到乌蒙山区义务支教的 10 多年中，我与许多助学支教的公益组织有过交流及合作，我觉得，"田字格助学"是这些组织中工作最务实、制度最严谨的。"田字格助学"的许多观念和我的想法一致，因此我与"田字格助学"的合作时间最长，一起做的事也最多。

2012 年 2 月 2 日晚 10 点多，我接到来自上海的电话。一位女士说，她是民间公益组织"田字格助学"的负责人肖诗坚，希望我能和他们一起，为我国云贵川贫困地区的农村教育做些实事。她谈到，"田字格助学"组织以助学为重点，特别关注有上学意愿且学习素质较好，但因经济原因导致完成学业有困难的农村学生。这和我在云南茨营中学开展的"结对牵手"助学活动不谋而合。我注意到，"田字格助学"非常注意对申请助学的学生的走访审核工作。由于云南的"田字格助学"成员较少，肖女士希望我能成为"田字格助学"在云南的走访志愿者，走访部分助学对象，我当时就答应了。肖女士和我谈到如何甄别农村贫困户的问题，我谈了我在茨营采用的方式，肖女士说了他们在贵州正安县采用的标准，她希望我对云南贫困学生的甄别工作提出自己的意见，我答应了。

几天后，我给"田字格助学"发了我对云南省贫困学生的甄别标准。除了被访家庭是否有大型运输工具这一点外，肖女士认为我提出的标准与他们正在研究的审核细则很接近。我又提供了几个云南曲靖茨营的贫困生名单及我走访审核的报告。不久，茨营的陆全波等同学就收到了"田字格助学"资助款。

"田字格助学"机构在对资助学生的审核方面，提出了一个比较客观且切实可行的方案。每年收到申请人填写的表格后，"田字格助学"总部会招聘走访志愿者进行走访调查，然后总部工作人员还会电话联系申请人及其所在学校进行核实，最终确定资助名单。我觉得这种工作程序十分公正、细致。2012 年 4 月，"田字格助学"总部将走访调查表发给我。下面是走访调查表。

"田字格助学"一对一资助走访调查表

该表为走访志愿者所用。走访志愿者需亲自面见学生本人和学生家长了解下面提到的信息。您提供的信息真实性和准确性对"田字格助学"的资助决定非常重要，请务必客观、如实、详细地填写。

同时，希望走访志愿者在走访中拍摄至少5张照片，发送给"田字格助学"，这包括：

1. 学生本人的照片；

2. 学生家人的照片；

3. 学生家中房屋的外观；

4. 学生家里的厅堂（客堂）、灶台、吃饭的地方（2张，分别拍摄不同的两个方向）；

5. 学生或家人的卧室和床铺。

走访对象姓名：

学校：

年级/班级：

家庭地址：

家访日期：

一、请走访志愿者就以下问题打"√"

序号	访问内容	是	否	若是，则详细备注
1	家中房屋是否为土木结构			
2	家中是否没有冰箱、洗衣机			
3	学生父母是否因病不能劳动或是残疾者			
4	家中是否有不能劳动的老人			
5	家中是否有其他在校高中生			
6	家中是否有三名以上（包括被访者）在校学生			
7	父母是否离异，或一方死亡、出走			
8	父母是否双亡			

续表

序号	访问内容	是	否	若是，则详细备注
9	父母是否有一方务农			
10	父母是否双方务农			
11	学生是否有手机			每月费用：
12	该学生上学期学费生活费是否有借款			
13	父母是否在外省打工？打工城市？工种？父亲/母亲的月工资是多少？			
14	学生本人上个假期是否打工？打工地点？工种？收入多少？			

二、走访志愿者面访学生本人

学生的住宿情况：在学校住宿还是租房，住宿费或租金多少元/学期？
学生的学费和生活费多少元/学期？本学期是如何解决的？下学期将如何解决？
学生的学习情况？成绩在班级/年级排名？
学生的上学意愿？未来的升学方向？本科、大专或职校？是否希望尽快打工？
学生的性格表现？
学生是否得到过资助？何时、何种资助？多少钱？下年度是否还有？

三、走访志愿者的总体评价和意见

走访志愿者签名：　　　　　电话：

2012年4月，我成为"田字格助学"第21位正式成员，经常参加"田字格助学"的活动，也曾被评为"田字格助学"的先进个人。

知道茨营中学英语教学的困难后，"田字格助学"总部答应帮我想办法。2012年5月，"田字格助学"的支教志愿者、来自英国的琳达女士来到云南曲靖茨营中学，为全校29个班开设英语口语课，受到了老师、学生们的一致好评。外籍教师志愿者的到来，也促进了茨营中学的英语教学工作。

2012年6月底，应肖女士的邀请，我到上海"田字格助学"总部，对准备赴贵州山区进行长期支教（一般都为一年）的志愿者们进行培训。我给这个培训定了个《做个快乐的支教志愿者》的标题，列出了培训提纲。由于"田字格助学"招募的支

英国的琳达女士为学生上英语口语课

教志愿者绝大多数是刚毕业的大学生,我在培训内容中,除了强调与学生、学生家长、当地教育主管部门多交流协商外,特别增加了云贵川自然灾害及其防范的内容。

自从参与"田字格助学"的一些工作后,我对这个公益组织的了解也逐渐加深。在我参加的几次"田字格助学"的会议上,肖女士都提到了柏格理这位英国传教士。柏格理早在1905年就到中国的川滇地区(现在的威宁县石门坎乡)办学校、建医院、开农场,使苗族村民聚集地区的教育迅速发展,堪称是支教的先锋。肖女士十分赞赏柏格理的社区教育办学理念。柏格理100多年前能在中国贫困地区兴建学校、普及先进的科学技术,而且培养出不少愿意为家乡发展服务的知识分子,我也感到很佩服。我觉得,柏格理100多年前能做到的,我们现在也应该能做到。

2012年秋,肖女士告诉我,田字格基金会已经与贵州威宁县政府及县教育局商定,在该县哈喇河乡河边村建一所民办公助的希望小学,名称初步定为"田字格小学",学生全部是回族人。这个学校处于乌蒙山腹地的深山里,海拔2600多米,该地区山高坡陡,交通十分不便,离村子最近的公办小学也要走2个小时。田字格助学基金会斥资20万元,一些志愿者集资7万元,在哈喇河乡河边村拉多组修建了学校教学楼。

在研究选用什么人担任这所田字格小学校长时,我曾向肖女士提出我的建议:这是田字格独立经营的第一所学校,影响到"田字格助学"的声誉和今后发展,所以校长必须有教师资格证,最好有一定的教学管理经验和教研能力,能使学校教学逐步

威宁田字格小学

走向正规化；受交通等方面条件限制，这位校长还需要能及时处理各种突发事件，如学生和教师突然生重病、受伤或是突然出现的灾害；艰苦的环境中，人的情绪容易波动，这位校长还要能妥善处理教师与学生之间、教师与村民之间、支教老师之间、支教老师与当地教育行政之间的矛盾。

  2013年1月17日，我从云南曲靖到上海参加"田字格助学"的2012年年会，还专门研究了田字格小学相关工作。到上海后，肖女士立即同我谈到，他们研究决定聘请我担任田字格小学的校长。在1月18日的田字格助学的年会上，我收到了由田字格助学机构负责人肖诗坚签署的聘书，我要在这所民办公助小学担任一年的校长。

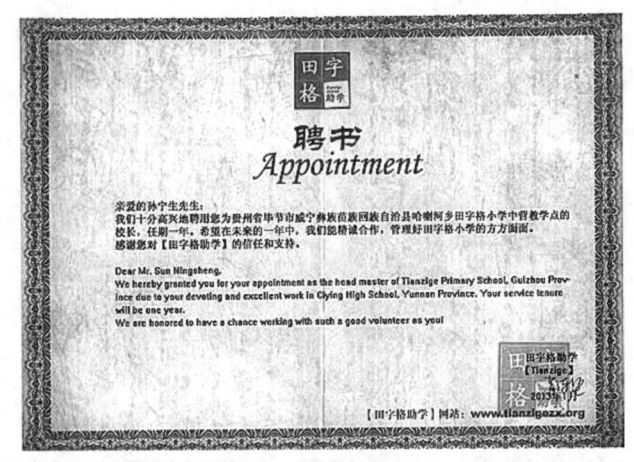

田字格小学的校长聘书

2013年六一儿童节，我作为校长讲话

2013年1月到2014年1月,我担任了威宁田字格小学的第一任校长。离开上海后,我特地到威宁考察了田字格小学的情况,思索建校的各项工作。后来,在向来访的志愿者们和民盟朋友介绍这所民办公助小学的简况时,我用了4句话:交通主要靠走,保安基本靠狗,上课常常靠吼,雨雪天冷得发抖。

尽管田字格小学的工作和生活条件十分艰苦,在威宁的1年里,我和10多位志愿者一起努力奋斗,做了如下的工作:

(1)完成了学校教学楼的基本建设,所有教室安装了玻璃窗,通了电,安装了黑板,新建了40平方米的食堂;

(2)组织村民义务投工,扩大了教学楼前的活动场地,争取到县政府的支持,建成了约400平方米的水泥操场,还建起了简易篮球场;

(3)制定和完善了教学管理、卫生评比、优秀学生选拔和奖励等各项规章制度,逐步提升了教学效果,提高了学生的学习成绩;

(4)根据山区条件,开展秋冬季长跑活动,锻炼了学生意志,强壮了学生体质;

(5)开展了六一儿童节文艺演出活动,向村民展示了学生们的文艺才能,提升了学生们的自信;

(6)建立为学校建设出工村民的"功德碑";

(7)建立学校图书室,丰富了学生们的课外阅读;

星期天美术兴趣小组活动

（8）成立了星期天美术兴趣活动小组，激发部分学生的兴趣爱好；

（9）联系我原先的工作单位南师附中及南师附中校友会，促成他们向田字格小学捐赠功放（扩音机）、音箱、乒乓球台、取暖器等设备，保障了各项教学工作的顺利进行。

2014年，北京大学的博士李隆虎接任威宁县田字格小学校长。2019年，这所田字格小学已经转为公办学校。

2016年，"田字格助学"基金会在贵州正安县开始推行"乡土人本教育"，并在兴隆村打造了一所属于中国乡村典范的实验学校——田字格兴隆实验小学，肖诗坚担任这所小学的校长。这所小学在探索农村基础教育方面取得了不少可喜的成绩。该学校运行几年来，接受乡土人本教育的学生的整体素质及能力明显高于其他同龄乡村孩子，受到有关领导、教育专家、家长及学生的赞誉。

目前，虽然全国脱贫工作取得了很大的成果，但像乌蒙山山区这样的贫困地区，仍有孩子面临辍学的困境，所以支教工作仍然会继续。我们这些支教志愿者的任务，是努力帮助山区孩子开阔眼界，让他们发现适合自己的生活和学习目标。我们要告诉他们，大山之外还有其他的环境与别样的生活，让孩子们自己做出选择，他们有的可以走出大山，也有许多要留在家乡。最近几年，我和不少职业学校进行过广泛的联系，希望他们能在培养农村学生的实用技术方面提供机会，使农村的贫困学生能掌握生存的本领。我国西部地区农村基础教育已经有了较快的发展，但是与城市相比，仍存在很大差距，甚至有些地方城乡之间的差距还在拉大。这种情况需要一大批有理想、有热情的人来帮助改变。我自豪的是，我这位教坛老兵，以实际行动参与了这种改变。

田字格兴隆实验小学

18. 读书知识竞赛

组织茨营中学的学生们写读书心得，是我2011年3月建成"希望图书室"后做的第一件全校性的大事，记得那年我收到了400多篇读书心得，还有接近200篇字数不足50字的读书记录。用了几天时间批改完这些读书心得，我选出了30篇作为优秀作品。以后，茨营中学读书知识竞赛及读书心得评比活动一直持续开展，我觉得这对茨营中学的孩子们来说，是个不错的学习方法，不少学生通过阅读图书，悟出了人生。2020年，已经大学毕业的王雪瑞就在微信朋友圈里发了一段话。

来自 一心一境王雪瑞 2020-10-31

我是一个从大山深处走出来的孩子
是茨营中学2010级（2013届）毕业生
也是孙老师的学生
十年的时间，孙老师一直在坚持做同一件事，却又不是同一件事

现在的我，虽然说不上有多好
在大城市里打拼确实不容易
但是，如果没有孙老师一直以来的鼓励、支持和信任，
我不知道我是否能够走到这些大城市
是否能够坐着地铁穿梭在城市间

但是我现在做到了，我见到了在家乡见不到的好多新鲜事物，我正在用自己这些年所学到的包括但不限于书本的知识为自己的未来努力。

我的很多好朋友都说我一直都挺乐观，很阳光，有一次我自己想过原因，后来才意识到，是因为初中的时候我在孙老师建立的图书室借了不少励志书籍去看。在初中那个懵懂的年纪，有些思想，真的是可以潜移默化感染一个人一辈子，希望每一个从大山深处走出来的孩子，都能坚守本心，过关斩将，赢得人生！

王雪瑞的朋友圈内容

18. 读书知识竞赛

读书知识竞赛主席台

读书知识竞赛现场

王雪瑞的感受，可能代表了一批茨营中学的毕业生。正是从他们那里，我知道了：我的付出、我的努力、我的汗水，是有回报的。

2021年3月，我又提出在4月23日世界读书日这天，在茨营中学开展读书知识竞赛，6月开展读书心得评比活动，这个建议得到了学校领导和许多教师的大力支持。语文教研组的李瑞宇老师抽出大量时间编写竞赛题，团委书记徐生珏老师细心策划竞赛活动，关注每一个细节，她们提出，要举行初一、初二两个年级大规模的读书知识竞赛，吸引更多的学生参与这项活动。

2021年4月23日，茨营中学"浸润书香，畅游书海"读书知识竞赛在学校运动场举行。主持人由2位初一和2位初二的学生担任。

读书知识竞赛分必答题和抢答题两部分。每班的3位参赛选手，在回答必答题时得分差别不大，回答抢答题时比分渐渐拉大。这时我发现，没有抢答器，学生们以抢到赛场中心的板凳为先，会出现相互身体碰撞，有可能受伤，明年必须想法解决抢答器的问题。

在评委统计最终得分时，我主持现场所有学生参加竞赛抢答题。我临时出的题目有：

（1）学校"希望图书室"的杂志中，数量最多的是哪一种？（答案是《未来科学家》。）

（2）儒勒·凡尔纳写的"探险系列三部曲"中，同学们大多读过《海底两万里》，这是三部曲中的第二本，另外两本是什么？（答案是《格兰特船长的儿女》和《神秘岛》，一位初二学生答对了。）

（3）我国著名科幻作家刘慈欣写了《三体》共三册，第二册、第三册的名称是什么？（答案是《黑暗森林》和《死神永生》，一位初二学生答对了。）

（4）巴金的代表作有"激流三部曲"，这是三本书，它们的书名是什么？（答案是《家》《春》《秋》，没有学生答对。）

（5）《红岩》描述了一大批共产党人为全中国解放所做的艰苦工作及先烈们在狱中的斗争。书中的小萝卜头是个未成年的孩子，他不仅在狱中努力学习文化知识，还帮助难友们传递消息，小萝卜头姓宋，他的名字叫什么？（答案是宋振中，有学生回答，但没有答对。）

活动最后由我做总结。我对学生们说，书是人类成长的阶梯，是精神食粮，读书多了，人的心态、眼界、思考能力都有了提高，才不会被人愚弄。同学们应该知道，人生的高度是由书本垫起来的。我还说，今年是中国共产党建立一百周年，我校还要开展"学党史，读好书，写心得"活动，图书室将开辟党史图书专柜，为同学们提供党史、军史、英雄模范人物事迹及抗日战争、解放战争、抗美援朝方面的书籍，希望大家仔细阅读，写下自己读后的心得感悟，学校在6月底举行评比活动。

党史图书专柜

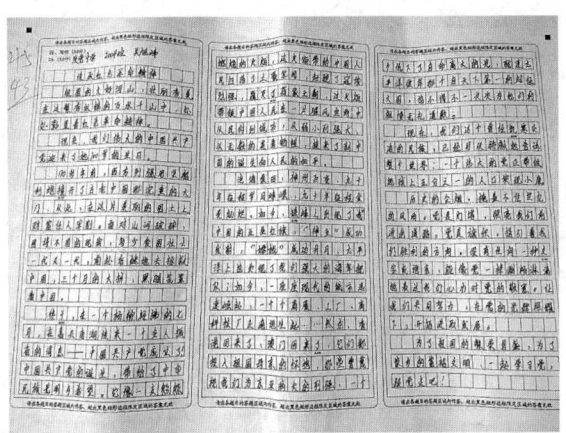

学生读书心得

当天，我就在图书室里专门设立了"党史图书专柜"，把300多本相关的图书放到这个书架上。一个月时间里，这个专柜借出了600多本图书。这个书架的图书中，《红岩》《红星照耀中国》借出的频率最高，其次是《黄继光》《罗盛教》《雷锋》《邓稼先》《杨靖宇》《赵一曼》等。中午借书时间，不少学生围在书架旁浏览，有的还会讨论，也有学生问我该读哪本，我根据学生不同特点，提出相应的建议。

6月，初一、初二两个年级学生的读书心得由学生本人誊写在稿纸上，交给语文老师批改。

6月中旬，语文组的老师们评选出了读书心得一、二、三等奖，6月24日给获奖学生颁了奖。

在学生上交的读书心得中，有一篇初二学生写的《红岩》读后感我颇感兴趣。1962年我读小学时，用一星期读完了《红岩》这本600多页的书，当时写下了自己的读书心得，和下面这位名叫杜芸的小姑娘的感受十分相似。

读《红岩》有感

你知道"小萝卜头"吗？一个在监狱里长大，面黄肌瘦，大脑袋细身子的小家伙。他向往外面的自由世界，但被无情的铁栏杆束缚在牢房内，只能看见一角的天空。在艰苦的生活环境中，他以无瑕的心灵和对敌人的蔑视，感动着读者，却以死亡的结局告终。

小萝卜头是《红岩》这本书里牺牲的烈士中年龄最小的。他在那样艰苦的环境中还想着学习,每天跑到楼上找黄以声将军教他识字,他用来写字的是狱友们好不容易节省下来的半段铅笔,和那很容易破的草纸。可就算是那样,他还是学会了绘画、俄语和算术等。让我印象最深的是小萝卜头趴在地上写字,每一笔每一画都是认认真真的。下课后,小萝卜头把书放在楼栏杆旁,踮起脚尖,看白公馆墙外的群山。问:"山的那边是啥地方?"他是那样地向往外界的自由,看见一只飞舞的蝴蝶都能兴奋好久。小萝卜头还画了一幅画。那是一幅水彩画,顶着一片蓝天,翠绿的是山林,山头露出半个太阳,这幅画叫《黎明》。他幼小的心里,蕴藏着无限地渴望自由的强烈感情。他在那样的环境下都有如此的追求和理想,更何况是今天的我们。我们在这优越的条件中学习,却没有了小萝卜头的那种刻苦学习的精神了。现在许多人都不把学习当一回事,想学就学,不想学就睡觉,在学校里面混日子的学生也在日渐增多。我们必须弘扬小萝卜头的精神,制止不良学风。要是小萝卜头生活在我们这样的环境下,一定会是学习中的高效率者。

我们现在的这种幸福生活是当年那些革命先辈们用生命换来的,所以我们必须珍惜现有的环境,好好学习,回报父母和祖国,成为祖国的优秀建设者。

茨营中学2001班　杜芸

学生们的读书心得,由区图书馆、镇文化站推送,参加了云南省图书馆举办的"童声颂党"作品评选,一位学生获文稿类三等奖。

学生获奖证书

19. 帮陈东艳填报志愿

2021年6月25日上午，陈东艳来到"希望图书室"，来请我帮她看看她填报的高考志愿。

3年没见到陈东艳，我们似乎有许多话要说。她先告诉我这3年来她家的变化：外公去世了，哥哥长期住院。听到这里，我心里有些难受。也许，这就是人们常说的"自古英雄多磨难，从来纨绔少伟男"？看着眼前的姑娘，我想起6年前陈东艳第一次来到图书室。

"希望图书室"的正常开放有许多工作要做，年届古稀的我有时忙不过来，需要一些学生志愿者帮手。2015年我制订了成为志愿者的3项基本条件：一是愿意为同学们服务，二是为人公平、公正，三是学习不能太差（如果连英文26个字母都认不全、作业不能按时完成，就不可能做好图书的登记、上架工作）。于是，1508班的陈东艳被同学推荐来图书室应聘志愿者。

我想试试陈东艳的能力，随手拿起学生们刚归还的10本图书，让陈东艳按每本书书名汉语拼音的第一个字母顺序把书放到书架上，而且告诉她上架时间不能超过1分钟。小姑娘可能有些紧张，脸涨得通红，10本书放完用了70秒。边上一些同学说："超时了，考试不及格。"陈东艳一脸惆怅和失望，问："孙老师，能不能再考一次？"我想了想："陈东艳，明天再让你考一次，如果在1分钟以内完成，你就留下，行吗？"她小声说"行。"没想到一转身，她就让边上的同学帮她用手表计时，自己捧着一摞书，进行起"模拟考试"来了。一遍超时，又来一遍。几次练下来，她把哪个书架是什么字母都记住了。我在边上暗暗观察，心想这姑娘还有些办法和毅力呢。

第二天中午，陈东艳又来到图书室进行技术考核，没等我拿出手机找到秒表功能，初一的几个男生都已经拿出手表开始计时。这次陈东艳不负众望，50秒就把10本书都放到了各自的书架上。于是，陈东艳成为正式的志愿者（图书管理员）。

陈东艳手脚挺勤快，她跟我说，她想每天都到图书室值班。我担心会耽误她写作业，她说可以把作业带到图书室做。只要有空闲，陈东艳就把被同学们翻乱了的杂志整理齐，把脱落的杂志封面用胶水粘好。不过，我发现她也有出错的时候。一天，她把图书上架后，我看到《饿死的伯爵》被她放到了 A 字母架上。"陈东艳，你来看看，这本书是不是应该放在这个书架上？"她看了看："是 A 架呀，边上不是有《爱的教育》《阿 Q 正传》《爱丽丝漫游奇境》吗？"我明白了，她的普通话不行，无法正确区别汉语拼音的 a 和 e 的发音。我教了她几遍。她悄悄告诉我："孙老师，我记性不好，容易忘记，你别嫌弃我。"

中午借还书的高峰时间常常持续半小时左右，当借书同学逐渐减少，陈东艳就会做作业，或凑到我跟前，告诉我她和同学的一些事。她说，英语老师教字母的速度很快，她有些记不住。我让她把英文字母和汉语拼音先做个比较，看看发音上有没有相同和相近的地方，这样记起来效果就好一些。她在书架上找到一本《初中生英语学习辅导》，饶有兴趣地看了起来。突然，她问我，"国庆节"用英语怎么说，我告诉她是"National Day"，并帮她在一张白纸上写下来。她又问"五一劳动节"用英语怎么说，我又写下"May Day"。她在单词后面写了几个汉字，我悄悄看了一眼，好像是"耐些漏得"和"没得"。她又问了"儿童节""春节"英语的念法，她反复念了十几遍，我说明天要考考她，看记住没有。第二天中午，她一脸苦相来到图书室，我问她怎么了，她说昨天教给她的几个英语单词全忘记了，记读音的纸也弄丢了。我让她用一个小本子记下单词，中午记熟，晚饭后再背背，临睡觉前再背几遍，第二天早晨再背，经过几次强化在头脑中留下较深刻的印象，就能长时间记住了。她再来到图书室时，笑嘻嘻地告诉我，单词一个没忘。我告诉她，38 年前我考进大学时就是用这种方法学英语的。中学第一学期期末考试后，她告诉我，英语考试成绩有明显进步，老师表扬她了。

担任图书管理员不到一个月，我又发现了陈东艳的另一个优点，那就是善良厚道，关心别人。她经常会找到我，说班上某同学饭卡丢了，问我能不能借 10 元钱帮这位同学补张饭卡，或是某同学回家没有路费，问我能不能借些钱给这位同学，或是能不能把我的手机借给某同学打个电话。所有这些，我都应允了，陈东艳在学生中的声望也提高了。

一天中午，陈东艳又领着一个小姑娘来到图书室，那姑娘两眼哭得像个桃子。

我问陈东艳这是怎么啦,她说那女孩子被老师批评了,她领着来图书室安慰安慰,不需要我帮忙。于是我就当作什么事都没发生,照常干我的事。我用余光瞟了一下,陈东艳替那姑娘擦去泪水,贴着她的耳朵说了些话。十几分钟后,她又教那姑娘怎么把归还的书上架,登记图书时书名该怎么写。那姑娘的情绪很快平静下来。

我对陈东艳的为人了解越多,对她的信任就越深。2016年我经常要进城处理一些事情,有时中午赶不回来,我就把图书室的钥匙交给陈东艳,让她12点准时开门,到1点时再把图书室门锁好。每次她都挺仔细地做好这些事。

2016年春天,南师附中1992届的校友向茨营中学捐赠一批电脑,其中有4台是专门给图书室的,既用来进行图书的管理、借还书登记,又可让学生们与国内外的友人进行视频通话。陈东艳十分想参加这项活动,但是她的英语学习成绩可能达不到老师的选拔标准,于是我破例为她开了个后门,让她5月15日晚上来试试。她担心英语说不好,我告诉她对方是中国准备到国外留学的中学生,会讲中文。她又问该说些什么,我说可以问问对方住在什么地方,上几年级,家里有些什么人,喜欢哪些课程,再向对方说说自己家的情况。她戴上耳机,我帮她调整好摄像头,屏幕上出现一位成都高一女生的脸庞。那位高一女生很健谈,陈东艳的谈话也越来越顺畅自然。这是她第一次用这种方式与陌生人交流,5分钟通话结束后,她特别兴奋。我让她以后可以试着用英语同别人打招呼,胆子可以再大一些。

陈东艳很关心班级集体,五四青年节要到了,他们班要排练舞蹈,她是上场队员之一。她还请我去看她们的排练,要我提提意见,我对舞蹈是外行,哪能提出意见呢。我只能笼统地说动作要整齐、面部表情要自然、服装要一致……五四文艺汇演时,他们班的表演还不错。演出结束,陈东艳告诉我,她已被批准加入共青团,下午要参加新团员宣誓,我夸奖了她几句,她开心地离开了。

初中毕业前,我和陈东艳在图书室照了张相,可是因为事情多,我竟然忘记洗出来给她一张。

不过,陈东艳也有事情没告诉我。初三时,她同班同学张艳告诉我,陈东艳家也是建档立卡贫困户。我有些奇怪:陈东艳父母都是刚到40岁的强劳动力,怎么会是贫困户呢?经过了解才知道,她家是三代同堂,父亲是招女婿,除了外公、外婆,家里还有一个痴呆的哥哥,6个人中只有父母2个劳动力,因为要照顾老人和她哥哥，父母只能在本地打零工，全家人均年收入低于贫困线。她怕给我添麻烦，一直没告诉我。我立即从班主任那里找到了陈东艳家地址，见到了她的父母和外公，并按建档立卡贫困户的资助标准，每学期发给她400元助学金。

2018年秋，陈东艳考上了曲靖一中，我联系了一位南师附中1988届校友做她的资助人，嘱咐她要珍惜来之不易的高中学习生活。开学前，我陪她到区扶贫办公室开了建档立卡贫困户学生的证明，又到她的宿舍看了看。进城读高中后，学习更紧张了，他们每月只放一天假，寒暑假也短。有时，她会用家长的手机给我发条短信，告诉我她的情况。从她的话语中我能看出，她能克服学习上的困难，高中的老师对她也很关心，她告诉我，政治课的老师给他们讲过我义务支教的事情，那位老师还特别照顾她，她在新环境里感到很温暖。

陈东艳与别人进行视频通话

陈东艳参加文艺汇演

19. 帮陈东艳填报志愿

初中毕业前，我和陈东艳在图书室照了张相

2021年6月，我刚从北京开完会回到茨营中学，就看到陈东艳发的短信，她想让我帮她填报志愿。我让她知道高考成绩后，到茨营中学来找我。6月23日高考成绩公布后，陈东艳把成绩单发给我。

云南省2021年理科二本投档线是445分，她的成绩超过二本线6分。我让她在家中自己试填一下志愿表，我会提出我的看法。我们约定，6月25日上午在图书室见面细细商量。

现在坐在我面前的陈东艳，比初中时期显得更加稳重、冷静。由于我眼睛有轻微白内障，看书吃力，陈东艳把她选的志愿一项项按顺序告诉我，并说明这样排列的理由。她排列的顺序是：（1）河北中医学院；（2）昆明医科大学海源学院；（3）西北民族大学；（4）云南农业大学；（5）山东协和学院；（6）西京学院。看来她喜欢医学及与生物工程有关的学科。

我仔细分析下来，觉得这些志愿目标总体有些偏高。十多年的支教实际中，我逐渐认识到，帮助一个学生也需要技巧，一次没有技巧的行善几乎等同于一次伤害。当你无法彻底改变那些生活在困境中的孩子们命运的时候，不能用他们根本得不到的东西去诱惑他们，这可能会害了他们。所以，我坚持这样一个准则：对陈东艳所说的每一句话，必须是真话、实话。

我对陈东艳说，她选的这些医学专业，录取分数确实不高，但是每年的学费都在 2 万以上，5 年光学费就要 10 万以上，加上生活费，她父母打工的收入肯定负担不起。国家有相关的助学政策，可以贷款，但每年限额只有 6000～8000 元，并且贷款是要还的，他们家并不具备偿还能力。云南农业大学等学校的一些专业是定向招生，她心仪的那个专业今年只招迪庆地区的考生，填了这个学校等于白填。我还说到，她报的这些学院，有不少其实是民办大学，实际上，民办大学毕业生的就业情况不如公办大学。

我还对陈东艳说，虽然你的考分超过二本线 6 分，但是，看看你在全省的排名，这个数字已经超过了全省本科招生人数。我建议她重点考虑大专类别的学校。

听了我的分析，陈东艳感到有些失落。我让她自己冷静地想一想，回家和父母再商量一下，再排出一个填报顺序，我帮她参谋参谋。

6 月 27 日晚，陈东艳打电话告诉我，她把民办的医学校改为西北民族大学，然后是江西中医药大学，其他的填了大专，包括曲靖医专。按我的估计，曲靖医专录取她的可能性很大，而且就在本地，各方面开支也相对少一些。

8 月，陈东艳打电话告诉我，她被曲靖医专临床医学录取了。9 月报到后，陈东艳跟我说，他们这个班是专门培养乡村医生的，我觉得这个方向选对了。我坚信，陈东艳将来一定能成为出色的乡村医生的。

陈东艳的成绩报告单

20. 胡豪考上了高中

胡豪是茨营中学1801班的学生。他的班主任是学校刚招聘的音乐老师，也姓孙。2018年8月底新生报到时，我就告诉小孙老师，注意了解建档立卡贫困户子女的情况。当时，小孙老师交给我的1801班贫困生名单上，胡豪排在第一个。小孙老师还告诉我，送胡豪来学校的是胡豪的爷爷。

开学第二天，我把胡豪叫到"希望图书室"。胡豪不爱说话，我觉得这是许多贫困学生的共性，贫穷容易使人自卑。我让他坐下，问他：

"你家是哪个村的？"

"团结村委会，万旗村。"

"小学是在团结小学上的？"

"是。"

"有兄弟姐妹吗？"

"有哥哥。"

"哥哥在干什么？"

"上学。"

"上高中？"

"不是，上职高。"

我提出周末要去他家看看，他连连摇头。

学校要求老师们与建档立卡贫困户学生结对，小孙老师的结对学生就是胡豪。小孙老师有辆车，我提出我俩周末一起到胡豪家看看，小孙老师告诉我，胡豪没有同意。小孙老师说，胡豪性格十分内向，不爱说话，但他能遵守学校纪律，学习成绩也不错。他听别的老师说，胡豪的父亲有精神障碍，丧失了劳动力而且不能控制自己的情绪，经常是被锁在家中，全家的主要劳动力是60岁的爷爷。听到这里，我开始明白胡豪为什么不让我去他家了。要想帮助一个孩子，首先要尊重他，既然胡豪不愿

我与胡豪

意让我们去他家,我们就不能强迫他,只有耐心等待。

我给了胡豪一些文具,并且告诉他,我联系了南京的一些爱心人士,以后每个月会发给他100元助学金,这些钱是助学的,不能用来买零食。听到这里,胡豪抬起头看看我,我发现,他眼眶里含着泪水。

1801班有几个学生在图书室当志愿者,她们告诉我,胡豪是1801班数学成绩最好的,别人不会做的数学题,经常是胡豪解出来的。期中考试,胡豪成绩位列1801班前3名。

一天胡豪来图书室借书,我问他愿意来图书室当志愿者吗,他说愿意。我向他简单地介绍了图书上架的规则,他立刻就明白了。我又教会他如何用扫码枪借还图书,他操作几遍后,也能熟练地使用了。

几个星期后,胡豪的情绪有些好转,脸上的笑容也多了。我问胡豪喜欢看哪些书,他举起手中的《狼王梦》《最后一头战象》《斑羚飞渡》,这些都是沈石溪写的,他问我这些书好不好,我说写得都不错,沈石溪长期在云南工作,对野生动物十分感兴趣,他把动物界的竞争写活了。我问他看过《钢铁是怎样炼成的》没有,建议他抽时间看一看。他从书架上拿了本《钢铁是怎样炼成的》,用扫码枪录入电脑借下,带回教室。几天后我问他:"读了《钢铁是怎样炼成的》有什么想法?"他回答:"保尔真不容易啊！"我说："你也不容易，自古豪杰多磨难，挺过来你就成功了。"我又问："《钢铁是怎样炼成的》这本书里，最使你受到震撼的是哪句话？""是不是保尔说的那句'人的一生应当这样度过，当回忆往事时，他不会因虚度年华而悔恨，也不会因碌碌无为而羞愧'，我能背下来了。""光记住还不够，应该常常想到，自己怎样才能不虚度年华，不碌碌无为。现在，你就应该克服一切困难努力学习，去创造自己人生的奇迹，考上高中，考上大学！"

2019年，图书室里新采购了《三体》，许多学生抢着借。胡豪问我看没看过这本书，我说看了，觉得这不是一本普通的科幻小说，书里有许多情节引人深思，建议他有时间也看看。

天气渐渐冷了，胡豪仍然穿着单衣。南京民盟的朋友们向茨营中学捐赠了一批衣服，我挑了件有帽子的羽绒衫给了胡豪。他不肯要，我告诉他，身体冻坏了会生病，会耽误学习。"你不想上高中，读大学了吗？孙老师一心想帮你实现这个理想，你应该能体会到老师的苦心。听话，赶快穿上吧。"他默默地套上了衣服。

墨尔本大学中国西部教育支援社团（CREI）的中国留学生到茨营中学来支教时，我向他们介绍了茨营贫困学生和留守儿童的情况，其中包括胡豪的情况。CREI中的姚薇是我的江苏老乡，她说她会去团结村看看胡豪。2018年12月底，姚薇找到我，告诉我她星期六经过胡豪家，胡豪一家三代住的是土坯房，又矮又暗，没见到胡豪父亲，胡豪也没让她进房里。姚薇还说，班上有的学生歧视胡豪，冷言冷语、讽刺挖苦，这该怎么处理呢？我说，许多事只能靠胡豪自己去应对。我觉得，关心帮助弱势孩子是必要的，但是要明白，我们不可能把他的所有问题都解决。把他前进道路上的石块羁绊全部清除干净，并不是最好的方法，将路上的坑坑洼洼全部填平了，他可能暂时平安，但同时他失去了走坎坷道路的经历和能力，走上社会后面对的困难也许会更多。我还让她关心一下胡豪的英语学习，我觉得胡豪是有希望上高中的。

与茨营的大多数贫困户子女相比，胡豪还有一个优点——他很注意个人卫生。他没有什么好的衣服，但衣服总是干干净净的。家里没有妇女，我想衣服可能都是他自己洗的。一个人如果连自己的衣裤鞋袜都不能保持整洁，恐怕对自己学习上的安排也不会太有条理。从这一点上，我觉得胡豪也是值得帮助的。

2020年秋季开学，胡豪升入初三，我让他不用到图书室来服务了，把全部精力投入学习中。"我看了你期末成绩,英语仍然是你的薄弱环节,你要更加刻苦才对。按我的分析,你完全有实力考上高中,你不会让孙老师失望吧?"他点点头。

  2021年6月下旬,中考即将进行。我问胡豪还有什么困难需要我帮助解决的,他摇摇头。我说中考后想去他家看看,他留给我一个手机号码。

  不久,中考成绩公布,胡豪达到了公办高中的录取线。

  2021年7月29日早晨,我拨通胡豪留下的电话,接电话的是个小伙子,他说是胡豪的哥哥,我让他告诉胡豪,我10点多会到他们家,请胡豪在团结村幼儿园门口等我。与胡豪碰面后,胡豪领着我,沿着万旗村东边的一条小路向南走,来到一排老式房屋前。

  我首先看见了房门左侧蓝色的脱贫户光荣卡,看来胡豪家是几个月前刚刚脱贫的。胡豪告诉我,哥哥已经在越州打工,加上爷爷种地的收入,全家人均年收入超过曲靖农村贫困线了。我问他父亲在家吗,他说父亲在城里住院了,不用交治疗费,只交伙食费。

我与胡豪在门前合了张影

随后胡豪开门让我进屋,家里面没有几样家具,屋里用塑料面板吊了顶,胡豪说这是2019年用乡政府拨下的2万元住房改造基金装修的,山墙也是用这笔钱砌上了砖块,屋顶还加盖了铁皮瓦。在房门边的贫困户蓝色标牌下,我看见了"麒麟区农村住房安全认定牌",这表示房屋改造后达到安全合格标准。"两不愁、三保障"是脱贫的最基本的要求,住房有保障是其中之一。

胡豪说已经收到了麒麟高中的录取通知,8月中旬就要到学校报到。我送了一些文具和衣服给他,还替他联系好资助人。

到云南支教10年多了,胡豪是我资助名单上序号为252的贫困生,希望他3年后能成为一个大学生,实现自己的人生理想。

蓝色脱贫光荣卡

21. 段佳乐上大学啦

2021年8月底，段佳乐喜气洋洋地拿着大学录取通知书到茨营中学来找我。看着她手中的红色大信封，我笑逐颜开，这个信封里装着的，是多少人的期望啊！由于太激动，我竟然忘记拍张照片了。

第一次听到段佳乐这个名字，是我到茨营示范小学调查了解农村小学教育情况时。2014年底，茨营示范小学的校长张佳志老师告诉我，他们学校的六年级女学生段佳乐是个单亲家庭的孩子，母亲在她小时候就生病去世了；段佳乐的父亲在塑料大棚（绿联蔬菜公司）干活，养活奶奶和段佳乐；2014年，她家因劳动力少、家中有病人，被评为建档立卡贫困户。段佳乐的奶奶常年生病卧床不起，段佳乐每天中午都要从学校赶回家里给奶奶做饭、喂饭，然后再回学校上课。张校长告诉我，段佳乐被学校评为"孝亲敬老好儿童"。我当时就向张校长表示，这种孝敬老人的学生我一定会密切关注的。

2015年9月，段佳乐成为茨营中学1504班的学生。1504班的教室在新教学楼的一楼，离图书室最近，我经常会到这个班上去转转，重点是看看段佳乐的学习情况。从成绩上看，她在班上属于中等，数学似乎是她学习上的短板，时常看到她为如何列出解应用题的方程发愁。不过我也发现她的纪律观念很强，每天早晨我到操场锻炼身体时，都能看到她急匆匆地一路小跑进入学校，从不迟到。我问她为什么不住校，她说如果住校奶奶就没人照顾了。当时我心里就在想，多孝顺的孩子呀。

不久，1504班的班主任孙志平老师告诉我，按相关部门规定，只有农村寄宿学生才能享受到国家的伙食补助，段佳乐是走读生，无法领到每学期500元的伙食补助。我又找到段佳乐的父亲，和他商量段佳乐住校的事情。段佳乐父亲在蔬菜生产基地开拖拉机，他说自己每天工作时间长，没法照看卧床的老人，如果段佳乐住校，卧病在床的老人怎么办？我想也是，现在情况下，也许段佳乐不住校是最佳处理方式。那时，我就考虑，必须联系一位爱心人士长期资助段佳乐。

我和钟甫宁、斯泰锋来到段佳乐家

2015级新生进校后,我一直想到段佳乐家看看,但总是因为各种原因未能去成。2015年11月中旬,我的老朋友、发小钟甫宁教授到云南来看我,同行的还有德国哥廷根大学的斯泰锋教授,我向他们说了段佳乐的情况,他们也对这个小姑娘感兴趣。这时我才突然发现,已经两天没见到段佳乐的身影了。她同班同学告诉我,段佳乐的奶奶前几天去世了,她请假料理后事。11月17日,我在操场上见到段佳乐时,她告诉我奶奶已经安葬。我说想到她家看看,钟甫宁、斯泰锋两位教授也想看看茨营的农民家庭,于是段佳乐领着我们一行到了她家。

段佳乐家的房子已经有30多年历史了,可能因为家中有病人的缘故,房子内外近几年都没有粉刷,显得十分破旧,墙上满是灰尘。我顺着没有扶手的楼梯上到阁楼,楼板咯吱咯吱响个不停,我赶快告诉钟甫宁,他和斯泰锋不能同时上来,楼板承受不了我们3个人的重量。我打量了一下段佳乐的床铺,没有蚊帐,也没有床单,垫的是床棉花胎。我问段佳乐会洗被子吗,她说会。我让她到我那里拿条新床单,抽空再把被子洗洗。阁楼上朝北有扇窗户,没安玻璃,拉着一块塑料布遮挡风雨。窗下有台旧缝纫机,放着一盏台灯,这就是段佳乐学习的桌子。段佳乐说,缝纫机是爸爸妈妈结婚时买的,妈妈去世后她就在这缝纫机上做作业。

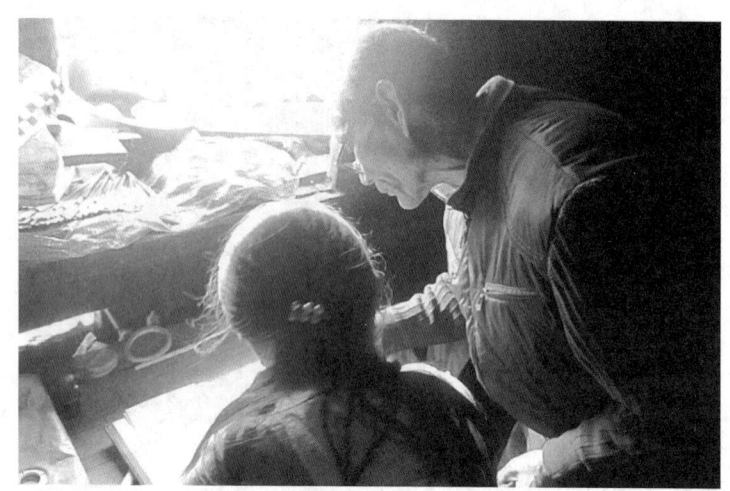
我在段佳乐家中

段佳乐向我提出,她想到图书室当志愿者,我马上答应了她,还允许她可以把作业带到图书室来做。我又一次向她提到,要不要考虑到学校住宿。我担心她家没有多余的被子,告诉她我可以给她一床被子。

第二天段佳乐就来到图书室当志愿者。段佳乐是个内向的孩子,常常是我问一句她才回答一句。一个星期下来,和我逐渐熟悉后,话才略微多了一些。我把在她家拍的照片给她时,她问我那天和我一起到她家的两个人是不是也是老师,我告诉她那两位都是大学老师,而且都是大学教授呢。我特别提到,钟甫宁教授希望她将来能上大学,最好能到南京上大学。段佳乐有些吃惊:"我能考上大学吗?"我立即反问:"你怎么就肯定自己考不上大学呢?事在人为,就看你有没有决心。"我对她说,我和钟甫宁是小学、中学的同学,初中未毕业我们都到农村插队当农民,1977年恢复高考后才实现了我们上大学的梦想。我告诉段佳乐,上大学确实不容易,但通过自己的努力,再加上别人的帮助,这个理想是有可能实现的。

段佳乐期中考试成绩进入班级前20,我很高兴,表扬她学习努力、刻苦。钟甫宁委托我把资助款交给段佳乐。拿到钱后,小姑娘不知该说些什么,只是连声说"不要,这钱不能要"。我嘱咐她:"拿着吧,这是钟教授,也是我的一点心意,我们都盼望你能考上高中,考上大学,你不会让我们失望的,对吧?"

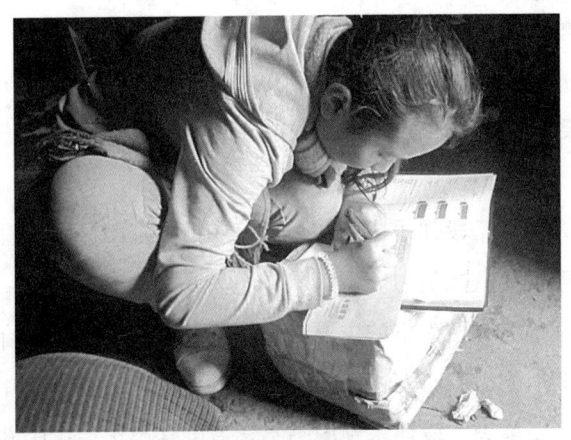
段佳乐给钟甫宁写信

我问段佳乐会写信吗,她说可以试试。第一次写给钟甫宁的信并不理想,信的格式不对;第二次写得还算通顺,只是有些涂改。她说等期末考试后她重新写。2016年春节我到她家进行家访时,看到她重新写的感谢信,我当面教她写好信封,又教她如何贴邮票,随后我帮她把写给钟甫宁的信带到了茨营邮政代办所寄出。

段佳乐家的家务事大多是她干的,我几次到她家都看见她在用白菜煮面条。我问:"你是不是只会用白菜煮面条呀?"她有些脸红:"我还会炒洋芋、炒四季豆。"一天,她上衣口袋破了,我问她自己会补吗,她说会,并从我那里借了针线。第二天,我看到破的地方用白线补了起来,只是针脚长短不一,看起来还算平整。

在图书室当志愿者,段佳乐并不是最能干的一个,图书上架时,有些书应放到哪个架上她判断不准,登记借出图书时她写字慢,但她是态度最认真的,该她值日时从不缺席。空闲时,她会从书架上拿本书,坐在椅子上看,有时还会问我该看些什么书。我向她推荐高尔基的《童年》和曹文轩的《草房子》。初一下学期时,她高兴地告诉我,语文老师也向学生们推荐了一些书,包括《童年》和《草房子》,而且作业中也有与这些书相关的内容。一天中午,段佳乐突然问我:"孙老师,你知道阿列克谢为什么会挨外公打?作业里有道题目问了这个问题。"我回答:"我这个60多岁的老头子哪能记住这么多呢?你不知道阿列克谢挨打的原因?"段佳乐不好意思地笑了:"我也没记住。"我问:"那怎么办呢?"她略想了一会儿,从书架上找出《童年》

来翻看，一会儿就把作业完成了。我趁机启发段佳乐："《童年》这本书你看过的，为什么没记住里面的情节呢？""我看的速度快，有些地方不太认真……""看书不能只图快，有些书需要细细品味，就像吃饭一样，细嚼慢咽，食物中的营养才能吸收得更多。"

2016年五四青年节，段佳乐成为初一的第一批共青团员。宣誓后，我问她有什么感受，她只说了句："我要努力。"

2016年放暑假前，有位南京的志愿者来到茨营中学支教，我给他安排了一些任务：帮学校计算机房测试所有设备，并利用星期天教几个孩子（其中就有段佳乐）使用电脑。6月26日星期天，段佳乐到图书室学习电脑操作。我让段佳乐从电脑开机做起，完全自己操作，我在边上"监考"。虽然她的指法很笨拙，速度也不快，但是她不会轻易放弃，坚持不断练习。在图书室里，只要有时间，她就会在电脑上练习写文章、插入图片、制作统计表格。初三信息技术考试，段佳乐顺利过关。

2018年，我和段佳乐的父亲送她高中入学

2018年8月，段佳乐考上了麒麟高中，我和她父亲送她到学校。

我对段佳乐说，进入高中后，学习任务会比初中更重、压力更大，要有吃大苦的思想准备。"我知道你能吃苦，不过，学习上的苦比生活上的苦更考验人。困难像弹簧，看你强不强，你强它就弱，你弱它就强。"她点点头。

2020年新冠疫情暴发，曲靖的中、小学无法正常到校上课。我到段佳乐家时，她正拿着几本教辅材料发愁，说有些题目看不懂，我翻了翻，我也不会，我没上过高中，这些内容根本没学过。我让她去找同村的胡依然："胡依然学习成绩比你好，她又在快班，去请教她吧。"

2021年高考刚结束，段佳乐来到茨营中学图书室，和我商量志愿填报。她说，自己因为是农村独生子女有加分，这样加了15分刚刚过二本投档线。因此她觉得，二本院校录取的希望不大，所以重点考虑大专院校，她想报小教、幼师或护理专业，几年后可能就业机会也多一些，我也觉得这样稳妥。

现在段佳乐被云南保山学院小学教育专业录取，相信段佳乐会在大学里继续努力的。

22. 命运多舛的刘自红

2021年8月27日上午，刘自红和奶奶一同来到我的"希望图书室"。刘自红第二天就要去天津城建大学上学了，她来向我道别。我和这祖孙俩一起回忆起6年前的情景，刘自红的奶奶不停地抹眼泪，说这2190天真的太不容易了。

记得那天天气也和今天一样，阳光灿烂。那是2015年8月底，450多名小学生升入茨营中学。新生报到时，1504班的班主任孙志平老师找到我，说他班上有个女学生报到时，应该交的代办费、全年的保险费都交不起，这学生家也不是建档立卡贫困户。我立刻让孙老师把孩子找来。不一会，一个头发剪得短短的小姑娘跟着孙老师来到我的图书室。孙老师去忙班上的事了，我和小女孩聊了起来。小女孩有些紧张，她告诉我，她叫刘自红，家住胡家坟村。胡家坟村属于整寨村委会，是个水库边的小村庄，我曾经去过几次。我问刘自红："现在水库边还经常有人钓鱼吗？"她说还有人钓鱼。看到小姑娘心情逐渐平静下来了，我就转入正题，细细地问起她家的情况。

刘自红和奶奶来到图书室

她说现在她和奶奶一同生活，她出生4个月妈妈就去世了，父亲离家进城打工。我问她家里还有什么人，她说还有个姐姐，曾经在茨营中学读过书。当她说出姐姐叫刘露时，我想起2012年给学生们上"三生教育"课，曾经教过刘露。我问刘自红："是1109班的刘露吗？"她并不确定，姐姐平时不和她说自己的事，姐姐初中没毕业就离开家了。

到茨营的这几年里，我看到过有些家庭贫困的孩子，确实是先管自己的生存然后再考虑别人，即使这个"别人"是自己的亲弟弟、亲妹妹或是爷爷奶奶，刘露也许就是这样。我没多说话，下楼帮刘自红办好了交费入学手续，让她到宿舍收拾床铺。我问她需要被子吗，她告诉我早晨奶奶送她来时已经把被子带来了，我给了她一条床单和一些文具。

刘自红家不是建档立卡贫困户，无法享受政府及乡村的补贴。有天早读时，我又到1504班找刘自红了解情况。她告诉我刘露后来到曲靖打工。我问刘自红，父亲经常回来吗，她说很少回来，父亲每次回来也不给奶奶钱，家里的农活只靠她和奶奶干。这次为她上中学，奶奶到集上卖了两口袋玉米凑了些钱，才把校园卡和第一个月的伙食费交了，实在没钱交保险费和代办费。我安慰她，说这些费用不用担心，不久我的朋友们会再给她寄400元钱，收到汇款单时，要记下汇款人的姓名、地址和联系电话，写封感谢信谢谢人家。小姑娘点点头。我问她会写信吗，她说语文课上学过。我还和她说好，等过些时间我到她家看看。

2015年12月，我跟着刘自红到了胡家坟村。那天下着大雨，她家屋里又黑，我的相机没有闪光灯，照了几张照片，但是很暗，几乎看不出人的相貌。

刘自红家房子约有40平方米，刘自红和奶奶睡在阁楼上，房门的左侧有烧柴灶，一张小桌上有电磁炉，一台电视机放在正对大门的矮柜上。她奶奶说家里没有能种稻子的水田，坡地上种的是玉米和桑树，房屋前有块菜地和几棵柿子树。和刘自红的奶奶谈了有关刘自红的学习情况，我让老人放心，我会把刘自红当自己孙女一样对待的，老人十分感激。

几天后，刘自红给我送来了几十个家里摘的柿子和一小袋荞麦面。我告诉她，我最想看到的是她学习上的进步。刘自红说她会努力的。那学期期末考试成绩出来，刘自红成为1504班的前10名，小姑娘挺争气的。

2015年底，听茨营镇的干部说，为解决曲靖市市区用水问题，市里已决定在胡家坟村筑坝蓄水，建一座中型水库，胡家坟村及周边的几个村子要搬迁。我连忙找到刘自红询问，她说村干部已经向大家说过这事，究竟往什么地方搬、经济如何补偿、什么时候搬，都不知道。我对小姑娘说，让奶奶打听清楚，等爸爸和姐姐回来，商量一下怎么办。

2015年底在区里参加一个会议时，我曾向茨营镇人大常委会主任打听过胡家坟村村民搬迁一事，他提到会按搬迁村民现有住房面积和质量、经营土地面积、果树及其他不动产情况给予经济补偿，政府鼓励村民进城农转非。按云南省相关部门的文件，胡家坟村的土地为四级，每亩地的补偿费为4.06万。由于时间紧，我没来得及多了解更多相关政策法规。

2016年春节后，我在学校见到刘自红时，她说爸爸和姐姐春节都没回来，村里也没有人来和她家谈搬迁的事。

根据我的调查，现在在茨营建砖混结构的房屋，每平方米的建材费和人工费约需1000元，这两年茨营农民建房大多是建四层或五层，面积为200～300平方米。如果在城里买房，房价为每平方米2800～4000元。有些胡家坟村的村民现在住的是楼房，据说他们每家的各种拆迁补助加起来能有几十万，如果在城里买套120平方米的房子，再买一间20平方米的门面房开个小吃店或杂货店，村民自己只要再拿出几万到十几万元就够了，就可以在城市定居，而且日子应该不会太差。

但是刘自红家该怎么办呢，她家实际上没有强劳力也没有存款，房子面积小，拆迁补偿费不会太多，再加上她奶奶年纪大，进城能干什么呢？如果不进城搬到别的村，她能得到二三亩地吗？即使得到土地，一年的收成能养活她们祖孙俩吗？我一直为刘自红一家担忧，很想再去她家看看。

2016年10月国庆长假，南师附中的几位校友结伴到茨营来看我，他们租了辆车，我们一起又到了胡家坟村，走进刘自红家。

刘自红的奶奶见到我们一群人有些意外，家中凳子太少，不够坐。我告诉她，来的人都是我的学生及他们的孩子，他们想在屋外看看菜地和牲畜，就不要去借凳子了。老太太坐在凳子上和我说起家里的事。因为是第二次见面，她不像去年那样拘谨，话也多了。

22. 命运多舛的刘自红

我见到家中还有个十三四岁的小男孩,就问这小伙子是谁,老太太告诉我这是孙子,是二儿子家的,在三宝上中学。她说,她生了两儿两女,刘自红的父亲是大儿子,已经几年没回家了,前年她生病,两个儿子都没回来,是靠女儿女婿抬着她送到医院的。家里房子漏雨,老太太实在没有办法,自己借了梯子上房顶收拾瓦片……讲到这里,老太太泣不成声。我对她说:"你60多岁的人了,上房的事不能再干了,如果碰了摔了,你让刘自红怎么办呢?她现在还离不开你呀。"老太太深深地叹了口气:"我的命真不好,自己养的儿子都不管我这个妈,更别指望他们养老了。"这几年我在云南和贵州,接触到不少贫困农户,知道贫困尤其是长期的贫困,能够摧残有些人的意志。见到老太太伤心,我提出到门口照张相。

接着,我又问起建水库房屋拆迁的事。她说有些村民提出土地补偿金太低了,现在还没有人搬,有村民到市里上访。我问她家里共有多少地,她说有四五亩,都种了玉米和桑树,没有牛,种地都是她领着刘自红和孙子用锄头一下一下刨出的,这几天正在收玉米。我叫来了刘自红,对祖孙俩说:"有两件事想和你们商量一下。第一是刘自红读书的事,我在南京教过的学生答应负责她的初中、高中的所有费用,刘自红如果能考上大学,他们也能提供大学四年的学费和生活费。刘自红上学期学习情况不错,今后还要继续努力,我觉得上大学的希望很大。"刘自红点点头。

2016年10月,我来到刘自红家

"第二件事是搬迁,我原以为春节刘自红她爹会回来,你们可以共同商量出一个方案。现在看来不能等他了。我的意见,一是你们把家里的田地面积弄清楚,一块一块都和土地证核对一下,今年秋天能种多少就种多少,来不及的就不种。再把家前屋后的果树仔细数数,搬迁时会按果树的大小和结果的多少算钱的。如果有人要你们在搬迁合同上签字按手印,一定要仔细慎重,不必马上就签。"老太太说她不识字,我估计刘自红也没有经验,就说:"到时候你让刘自红找我吧,我帮你们当个参谋。"我对几位南师附中的校友说,遇到有关法律、法规方面的问题,请他们帮忙咨询一下律师,他们满口答应。

刘自红性格开朗,与同学关系和睦,更可喜的是她不偏科,学习也努力。2017年5月,刘自红被评为优秀团员,我给她颁了奖。

2018年,刘自红考上了曲靖一中。我已经和南师附中1988届文科7班的校友商量过,他们愿意负担刘自红上高中、上大学的费用,他们筹集了几万元,这笔钱由校友陈莉代管,她直接与我联系。我将高中第一年的学费、生活费交给了刘自红。为了便于联系,我帮她买了手机,并用她的身份证替她办好入网手续,交了半年的话费。

2017年5月,刘自红被评为优秀团员

22. 命运多舛的刘自红

每学期刘自红都会用手机发几次信息,告诉我她的学习情况。高一下分科时,她选择了理科,她理科学习的潜力大,而且理科将来可选择的专业面广,我支持她的选择。2020 年底,她告诉我,她和奶奶已经搬进水库大坝边上的新建搬迁房。春节时我特地去了一趟胡家坟新村,到了刘自红的新家。搬迁房建得不错,上下两层,有客厅、厨房,还有四个卧室。刘自红已进入高考的最后冲刺阶段,我让她最后一学期注意劳逸结合,不能把身体拖垮了。她说,高三她体重还增加了。我看了看,真的,她个子长高了,面色红润,气色真不错。

高考刚结束,刘自红就打电话给我,我刚从北京开会回来,没有过多地聊天,我让她知道高考成绩时通知我,如果填报志愿有不清楚的,也可以来学校找我。

6 月 23 日中午,收到刘自红发来的成绩报告单。

这孩子真争气,超过二本线几十分!

看到刘自红的录取通知,我让她尽快与陈莉联系,南师附中 1988 届 7 班的校友们会替她准备上大学的费用。

"不知她怎么想的,为什么报个天津那么远的大学,她要一个人去那里,我实在不放心。"听到刘自红奶奶这番抱怨,我笑了:"人家刘自红已经过了 18 岁啦,你看都比你高一头,她已成年了,她可以自己做主了,你也可以少操些心了。"

我把这祖孙俩送到校门口,我对刘自红说:"实践证明这 6 年我没看错人,也没帮错人,你名字中有自,今后你要自立,还要自强。孙老师相信你!"

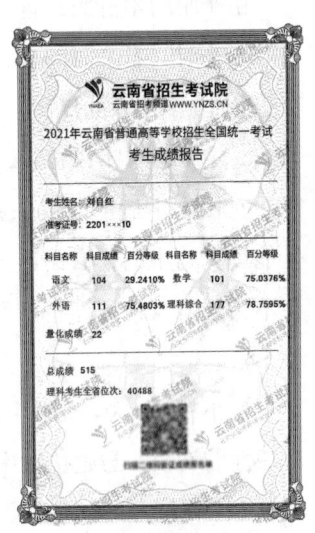

刘自红的成绩报告单

23. 任性的蔡小粉

最近一段时间，有许多朋友和南师附中的校友来电询问资助贫困学生的各种事情，他们都觉得我这十多年支教助学取得了很大的成果，使得好多建档立卡贫困户的子女考上了高中、大学，其实不然。到 2021 年 7 月底，我联系资助的茨营中学 304 名贫困学生中，有 20 人并没有完成义务教育，有的在初二、初三就辍学了，他们没有参加初中毕业考试，有的没有拿到初中毕业证书。这 20 人占受资助的建档立卡贫困户子女 227 人的 9%，也就是失败率是 9% 呀！

由于眼睛不舒服，这一个多月来遵照医生规定，我每天用手机和电脑的时间不超过 6 小时，看书时间也减少了 2 小时。每当服下治眼病的药闭眼静坐时，我常常回想这 10 多年来的经历。古语云"闭门常思己过"，这是使人不断完善自我的重要方式。定下心来闭目思索，我仔细考虑了工作中有哪些失误。10 多年来我尽心竭力想让贫困学生们都能读完初中，为什么会有 9% 的孩子辍学？这 20 个孩子，有些是能读完初中的，有的甚至有可能考上高中，除了我不能解决的巨大经济因素外，会不会还有其他原因？在我脑海中，这 20 个学生的身影时常浮现，出现最多的是蔡小粉。

蔡小粉是 1801 班学生，她家是建档立卡贫困户。蔡小粉是个泼辣、直爽但十分任性的女孩，与她接触中，我觉得她不算聪慧，身体健康，但自律能力较差。在茨营中学的两年时间里，她是被我批评管教最多的学生之一，也是唯一敢顶撞我的女生。

2018 年 8 月底，初一新生入学。各班班主任将本班贫困学生的名单报给我，1801 班的班主任孙老师特别在蔡小粉的名字下做了个记号，他说这个孩子交不出伙食费，住宿的被子也没有。我从自己的宿舍里找了床被单给了蔡小粉，又领她去图书室仓库里拿了一床被子。这个小姑娘在仓库里四处张望，"这么多书，这么多本子和笔啊！"我告诉她，本子、笔、字典都是准备发给像她这样的建档立卡贫困户子女的,等我订购的其他文具到齐,就会通知他们来领。

每个星期一是初一年级借书的日子。蔡小粉很喜欢到人多的地方凑热闹,图书室自然是她经常光顾的场所。她常常借书,爱看寓言、童话及有彩色插图的书,她问我:"为什么我们只能星期一来图书室?我能不能想来的时候就来借书?"我告诉她,只有志愿者才能经常来,他们要帮我干活,为同学们服务。"那我也来当志愿者!你不同意我也要来!"茨营中学的学生中,还没有谁敢这样对我讲话。我是个有耐心的人,我告诉她当志愿者必须经过考试,任何人都不能例外。她愣了一下,表示愿意试一试。还好,她的汉语拼音不算太差,给图书上架问题不大,不过我向她强调,如果违反纪律,就要被驱逐出志愿者队伍。

上体育课时,蔡小粉的上衣剐了一个口子,她在图书室里用我修补图书的透明胶带把口子贴了起来。我对她说:"你这样只能应付一时,回家让你妈妈补一下吧。""我妈妈哪会补衣服啊,她笨极了,不会做饭,不会种地……"我感到奇怪:"那她在家能做什么?""只能放羊,还只能放三只,再多了她数不过来。"难道她母亲是个智力有缺陷的人?

星期天晚上学生们返回学校,我走到1801班教室,看到平时坐不住的蔡小粉在埋头写字。我很纳闷,从没发现她能这样认真地做作业。边上的同学告诉我,她在抄别的同学的作业。事后我问蔡小粉,为什么星期六放假回家不把作业做完。她回答倒干脆:"回家哪个还做作业,玩还玩不够呢。""那你就抄人家的作业?!""不抄不行呀,老师说完不成作业的人要受处罚,还要通知家长,这比小学还严格。""你小学就是这样过来的?""是呀,我们小学大多数人都是这样的,考试时还有人抄呢。""你爹也不管你?""他根本管不了我,我放学就出去玩……"听了这话,我觉得心里凉凉的,这样的孩子我能教育好吗?

蔡小粉的普通话讲不标准,她说的曲靖话语速又快,有时我并不完全知道她讲的是什么意思。一天,她突然找到我:"孙老师,诈钱!"我愣了一下:"敲诈钱?""对,诈50块钱!要10块一张的。""为什么要诈我50块钱?""除了你,别人哪个有那么多钱啊?"看我一脸的疑惑,边上几位初二的志愿者告诉我,蔡小粉这是想换零钱。我对她说:"蔡小粉,你必须学学普通话,不然要闹笑话的。"

也许觉得我对建档立卡贫困户子女特别关心和宽容,蔡小粉几乎每天都要用我的手机，说是要和父亲联系把饭卡或其他东西送来。其实，她是和她的亲戚朋友QQ聊天，她让我在手机上安装点歌软件，我没有同意。

每月中旬前后，我会给建档立卡贫困户子女发助学金100元，嘱咐他们要告诉家长一声，并说明这钱不能用来买烟酒。我问蔡小粉告诉家长助学金的事情没有，她回答得很干脆："没有。这钱是给我的，告诉他，这钱我就花不成了。"我觉得蔡小粉对父亲的态度很不好，根本看不出应有的父女之情。一天，她有些发热，就借我手机给父亲打电话。"你马上到学校来接我到医院看病，路过街上包子店买三个肉包子，再带一杯奶茶……"我当时就责怪她："你怎么能这样对父亲说话！"这孩子竟然说："对他不能客气，做什么事都是慢慢腾腾的。"看来，蔡小粉"以我为中心"的观念根深蒂固，事事、时时都只想着自己，从不考虑别人的感受，这种人将来走上社会能与周围的人和睦相处吗？

听说墨尔本大学中国西部教育支援社团（CREI）的中国留学生要到茨营中学来支教时，蔡小粉对我说："你应该分个女留学生到我们班，男的肯定管不住我们班。"我考虑1801班的班主任是男老师，就安排CREI的姚薇到1801班，姚薇是江苏镇江人，是我的江苏同乡。当看到我领着姚薇来到1801班时，蔡小粉竟然跳上桌子大叫："我就说孙老师肯定听我的，给我们班派个女老师……"我当时心里就猛然一惊：这孩子怎么能这样说呢。后来我问蔡小粉，她说这样班上的同学才会对她另眼相看，才会尊重她。13岁的孩子怎么会有这样的想法呢?！我感到有些费解。

苦思冥想几个晚上，我终于找到一个自己认为可接受的答案：人的教育是分阶段的，每个阶段人的心智不同，教育的主要目标也不尽相同。2～6岁的学龄前教育阶段，是孩子性格、情绪、情感、行为习惯、社会认知力发展最关键的时期，农村孩子没有上过幼儿园，主要靠家庭教育，而蔡小粉的家庭教育可能严重缺失（后来的调查证实了我的推测）。7～12岁的小学教育阶段是基础教育的重要时期，是基本习惯养成和自我约束意识形成的关键期，而蔡小粉在这一时期缺少家长的督促，小学老师可能也没有认识到这一点（或者是疏于管理），致使她身上的毛病日积月累，任性、利己、放纵、无视纪律和规章制度等恶习越来越严重。我意识到，今后对蔡小粉的教育不能与平常学生一样，任其恣意妄为可能毁了这孩子的一生。

2018年11月，我订购的各种文具运到，澳大利亚留学生们帮我把文具放到货架上,"爱心助学文具超市"开张。接到老师的通知后,蔡小粉兴冲冲地来到办公楼一楼的文具超市内,她问我:"我想要什么就可以拿什么吗?书包、字典、文具盒都可以拿?"我说是的,但这些东西必须用在学习上,不能浪费,也不能用这些牟利。我特别加重了语气:"蔡小粉,绝对不允许用这些文具牟利!"她有些奇怪:"怎么牟利?""在这里拿了文具、字典,出去卖给别的同学,就是牟利。""是不是因为是你掏了钱买的文具,而我拿了文具卖给别人,就等于我偷了你的钱?"我想了想说:"可以这样理解。""那我就拿一本《新华字典》吧,原来我还想帮别人拿的。"我说:"你再拿本《英汉辞典》吧。"蔡小粉的回答倒也爽快:"那个拿了对我没用,放在书包里还重,又不能卖给别人。"看来,我的话她还是听进了一些。

不久,又有老师告诉我,蔡小粉在食堂买饭时插队,还与值班的老师争辩。我狠狠地批了蔡小粉一顿,她歪着头反驳我:"我是想早点到图书室来干活的,又没干坏事……"我斩钉截铁地回答:"违犯学校规定难道是好事?而且你吃完饭后并没有到图书室来,你是用这个理由来搪塞老师的,犯了错误还不诚实,图书室不需要你这样的人,我们有过约定,你被图书室开除了,你走吧。"她磨蹭了好一会儿,只能离开了图书室。

几天后,1801班的一位学生递给我一张小纸条,我展开后,见是蔡小粉写的检讨。我对这位充当信差的女生说:"告诉蔡小粉,我再给她一个月的试用期,如果再有违纪现象,就永远不再要她,孙老师向来是说话算话的。"

这次对蔡小粉的惩戒好像有些效果,只是在图书室里,她的话不像过去那么多,也不像过去那么放肆,当然也不大干活了,只是用电脑看QQ或短视频。

星期五下午,我通知蔡小粉:"我和小姚老师想去你家,放学排队时你就不用站队,跟我们租的车走。"

蔡小粉家就在公路边,是用国家下发的建档立卡贫困户住房改造专用资金盖的,砖瓦混凝土结构,因为她家自己拿不出钱,房子只盖了一层,房屋的东山墙用石块、木板搭了个羊圈。蔡小粉大喊一声:"爹,孙老师来了!"一个躬腰老人蹒跚地走出来。我看到他的两只脚,脚尖不是朝前,而是几乎相对的。我想起50多年前看过的一本医学书籍,说是胚胎期发育畸形会形成鳍型足,可能就是这种样子,这种人无法用足尖、足跟着地,不能长时间站立,行走不便。我立刻扶着他回到屋里。屋里很暗，我看到一张桌子、一个橱，只有三只凳子，陪我去的澳大利亚留学生只能站在边上。

蔡小粉父亲的曲靖话我只能听懂70%。他告诉我，他自小残疾，无法干农活，也没有上过学。他跟别人学了编竹器的手艺，编些篮子、竹筐到集市上卖了换些钱；近50岁才结婚成家，老婆有些事不会做。谈到蔡小粉的学习时，他直摇头，说这孩子从小就不安分，好动，小学放学回家就没影了，他腿脚不方便，也没法管住蔡小粉。我对他说，我会每个月发给蔡小粉100元的助学金，还会发一些文具，无论如何也要让蔡小粉读完初中，初中毕业以后再进职高学门手艺，让她能养活她自己。他连连点头。我当着他们父女的面约法三章："助学金是用来帮助学习的，一旦蔡小粉离开学校辍学，我就停发这笔钱；违反学校纪律，我也停发助学金。"

初二上半学期的大部分时间，蔡小粉的表现还算平稳，她有时还到图书室来，说是看看澳大利亚的小姚老师有没有信来。期中考试后，我看到了蔡小粉的考试成绩，一路飘红。我对蔡小粉说："你怎么解释你的学习情况？"她嘟囔了几句，说英语听力考试速度太快，有的英语单词记错了被扣分……我说："你不是向小姚老师保证，英语课上绝不睡觉，英语考试努力及格吗？""小姚老师上课时我保证不睡觉，小姚老师对我们多好，买糖、买蛋糕、买水果给我们吃，你叫小姚老师回来教我们班英语我就好好学。"我终于忍不住了："你以为学校像超市买东西那样，你可以随意挑拣？你想要哪个老师教就要派哪个老师？谁给你这么大权力？13岁的人了，怎么不知好歹？你自己不上进、不要好，最终会害了你自己！"

蔡小粉到图书室的次数越来越少。有时我看到她坐在图书室对面的水泥台阶上，双手托腮，似乎在想什么，也不再借我的手机打电话了。

2020年9月，学校开学了，我到各年级办公室给贫困生发助学金。1801班的吴明珠（也是建档立卡贫困户子女）告诉我，蔡小粉没有来学校报到，宿舍里的被子也拿走了。我找了蔡家村的学生们询问，她们说蔡小粉进城打工了。

"无可奈何花落去"，我只能深深地叹口气。

半夜醒来，太阳能路灯的灯光从窗户照进来。我又想起了蔡小粉。我觉得我对蔡小粉已经尽力了。想到2012年夏天我在上海"田字格助学"总部时，曾经和支教志愿者们讨论过支教的作用。那时我说，农村贫困地区的教育是个慢活，不可能立竿见影，如同在田地里播种，种子撒下去，总要过一段时间才会生根、发芽，如果温度、水分等条件不够，种子还有可能不发芽。四十年的教师生涯告诉我，教育不是万能的，我不能急于求成，像蔡小粉这样的孩子，我能做的可能只有陪伴、唤醒、等待。蔡小粉家庭教育缺失，学校教育不完整，也许，五年、八年后，蔡小粉经历了社会教育，学会了自立，或许到那时她能够明白我的苦心吧。

24. 在初三班会上的讲话

2021年8月底，茨营中学迎来了新的学年。初三年级班主任们开会研究全年的工作，我也参加了这个会议。有的班主任反映，不少学生缺乏学习动力，得过且过混日子；有的学生怕苦畏难，准备放弃最后阶段的努力。他们想让我给学生们鼓气加油。这届学生我接触较多，两年多来，我参与了他们一系列的活动，激励他们成长是我应尽的义务。我专门写了份讲话稿，利用9月1日晚上的班会时间，与初三学生们谈谈心。讲话稿如下。

同学们，再有300天就要参加中考了，"有志者事竟成"成为许多同学激励自己的口号，我想结合我自己的经历谈谈我对这句古训的理解，也许会对同学们有些启发。

有志者事竟成，这里的"志"，应该是指志向，也就是人生的奋斗目标。1958年，我刚上小学时，老师曾问过我将来想做什么，我回答是想上大学、当老师，那时得到了老师和校长的表扬和鼓励；1982年，我到南师附中担任初中班主任时，也曾经让全班56个学生写下自己的人生理想和奋斗目标，并把这些纸条放入瓶子里埋在学校一棵树下，约定他们初中毕业30年时回母校再打开看看；2014年1月，茨营中学各班级，都在黑板报上贴出了"十年后的我"手抄报，这也是同学们向大家展示自己的人生目标。

这些目标实现了吗？

我的目标实现了，1978年我考上了南京师范学院（现南京师范大学），1982年到江苏省最好的中学——南师附中当了老师。

南师附中1985届4班学生的目标，有超过30%的人实现了，他们有的成为大学老师，有的成了企事业家，有的当了医生，有的成为公务员，他们中许多人是我现在支教的亲友团。

24. 在初三班会上的讲话

茨营中学2014届的学生毕业还不到10年，有些今年大学毕业，我估计再过2年，能实现目标的可能只有10%多一点，因为当时有超过40%的同学都说自己想当教师、医生、科学家、公务员，而要当这些，至少要接受过高等教育，要大学毕业。但在2014届的毕业学生中，现在上大学本科的只有二三十个，大部分人都在打工，打工是出不了教师、医生、科学家、公务员的。

这些实例说明，有志的人，也就是有人生目标的人，并不是都能实现自己的目标。

那么，具备哪些条件才能成功，才能"事竟成"呢？

我觉得至少要有四方面：非凡的吃苦精神、强烈的成功欲望、超强的抗挫能力、持之以恒的韧性，这几个方面是互相影响、互相支撑的，对我来说，缺少任何一个，我就无法考进大学，无法成为教师，今天就不会在这儿给同学们讲话了。

一、非凡的吃苦精神

人一生总是要吃些苦的，我觉得每个人一生要吃的苦是个定数，年轻时吃的苦多了，年老时吃的苦就少了，至少我就是这样。无论有多少苦难，矢志不渝，不放弃自己的目标，能吃大苦的人、年轻时能长时间吃苦的人，其作为可能更大一些。许多同学会说，我们家庭困难，吃的苦够多了。但是，你遇到的这些苦，只是生活上的苦，而奋斗中的苦是精神上的苦，它比生活上的苦更折磨人。有些人能吃生活上的苦，但在精神上的苦难面前，他们失败了。

1955年初，我父亲患上肺结核，大口大口地吐血，无法去手套厂工作，家中的经济收入全部来源于母亲每月44元的工资，另外还要赡养徐州农村的奶奶和外婆。因没钱住院，父亲只能在家养病，6岁我就担负起家里的许多家务：买菜、挑水（家里没有自来水）、买煤、煮饭、到医院替父亲拿药。1959年至1961年我国三年困难时期，我因吃不饱而营养不良，全身浮肿、严重贫血、经常头疼，寒暑假领着两个妹妹去糊火柴盒、编草帽辫、纳鞋底，为自己上学挣学费。17岁时我到农村插队，每天干活10个小时以上，每年冬天积肥，我总是站在河底的冰水里，把河泥铲起传送到河岸上……但是，"我要上大学，我想当老师"的念头始终没有变。从1968年10月到1978年10月，在农村插队的这10年里，我坚持每天看书1个小时以上，这才能在恢复高考时考入南京师范学院，而我当时连初中都没有毕业。据说，初中学历的学生只占当时入校大学生的6%。

我希望同学们再仔细回味一下孟子的一段话："故天将降大任于是人也，必先苦其心志，劳其筋骨，饿其体肤。"中国古话"吃得苦中苦，方为人上人"，也就是这个意思，不能吃苦，你就只能处在社会的最底层。吃不了大苦的人，成不了人才。

二、强烈的成功欲望

人们常说，"人往高处走"，但遇到陡坡、悬崖时，并不是所有人都能向上的，只有那些有强烈成功欲望的人，或者用句通俗的话，只有肯拼命的人才可能上去。人的成长也这样。还在很小的时候，我就听说悬梁刺股、破釜沉舟的故事，感到这些历史上成功人士的最可贵之处在于，一旦他们确定了自己的目标，会不顾一切地去实现它，甚至失去生命也在所不惜。人的失败，常常是因为自己放弃。我相信"我命由我不由天"。

小学时，我常常因为家庭经济原因不能按时交学费和书本费，那时交了书本费才能拿到课本，开学的第一个星期，我只能看同桌同学的课本；小学高年级开始学几何，要用圆规画图，我买不起2角6分一个的圆规，自己用竹片和绳子做了一个"土圆规"；我的衣服也是破旧的，书包是妈妈用面粉口袋缝的；不少同学一进学校就有《新华字典》，我是到三年级时参加全区中小学生诗歌比赛获奖才得到一本《成语小词典》……我很羡慕班上的同学们，但我心里明白，我只有努力学习，将来才能有工作、有收入，才能不为吃穿犯愁。"文化大革命"中，大学不再招生了，我上大学的希望落空。但是我想，建设社会主义不能只靠锄头、镰刀，这个社会的发展进步，不能离开科学文化知识，所以，在农村插队的10年里，我一直坚持读书自学，那时能读的书不多，我向插队的同学借，向村里上高中的学生借，到公社文化站借。那时被评为先进知青、优秀团员可以得到一些奖励，从1970年开始，我多次被评为先进知青，每次都是拿一捆书回来。这些书本垫起了我的人生高度。

三、超强的抗挫能力

"困难像弹簧，看你强不强，你强它就弱，你弱它就强。"人的一生总会遇到许多挫折，有时甚至是灭顶之灾，有的人会就此一蹶不振，有的人却能靠着顽强的毅力继续奋斗。1962年，连续几次在上课时我晕倒在教室里，到医院检查是严重贫血（营养不良造成的）、低血糖，家庭经济使我无法住院治疗，也无法增加营养，只有星期天全家到郊区挖野菜，回家后与面粉掺在一起煮成糊糊填饱肚子。这时，编草帽辫、纳鞋底等挣钱的事我干得少了，但学习上丝毫没有懈怠，到期末考试时，妈妈给我两块糖或是一小瓶葡萄糖，让我考试时感到头晕就吃，免得昏倒在考场上。1978年10月我进入南京师范学院，看到地理系的课程表上有高等数学、高能物理、有机化学，这可是我的弱项，物理我在中学只学了一年不到，而化学一天没有学过。我的物理老师是常州人，我向他说明自己的情况，他说有不懂的可以随时问他。化学老师是位叫张冰清的女老师，听了我的经历，她说她有个女儿和我一样大，也在农村插队，想考大学没考上，张老师让我每星期六到办公室，她义务给我补课。大学四年，每天我都是第一个到教室，晚上是最后一个离开的。当时，我和班上另外两个没上过高中的同学，被称为"地理系七八级的拼命三郎"。靠着这种拼命精神，物理、化学两门课我都得了优秀。

四、持之以恒的韧性

人的一生中，会遇到许多困难、许多门坎、许多煎熬，"未曾清贫难成人，不经打击总天真"。坚定的信仰、远大的目标，使我能在这些困难面前不灰心丧气，努力坚持。

2021年2月8日，我在朋友圈里转发了一个短视频，名称叫《现代版的"凿壁偷光"》，讲的是2020年疫情期间一位四川农村女学生到村委会复习功课，父亲则在旁边陪伴的故事。这视频立刻得到朋友和学生们的点赞。其实我自己在几十年前，也做过类似的事情。

上小学时，家里经济拮据，父亲有病卧床，为节省电费，妹妹们吃完晚饭就睡觉了，我经常是吃过晚饭后到路灯下做作业、看书。1968年到农村插队，农村每户每月只供应4两煤油，晚上无法天天看书，我主动申请到生产队仓库值班看守，因为仓库里点的柴油灯不受限制。农村蚊子多，我把柴油灯放在蚊帐里看书，两年里蚊帐被熏黑，眼睛也近视得更严重，但这两年里我读了500多本书。农村插队10年，我用来读书的时间超过3600小时，等于上了一年半的高中。读书就像吃东西，我记不清我曾经吃过什么，但可以肯定，这些食物已经长成我身体里的骨骼和血肉。这就是我只上了两年初中，但1978年高考时却能成为全县文科状元的秘诀。

能够抵挡住外界的各种打击和诱惑，能够对自己进行约束，坚韧不拔，在艰苦条件中磨炼自己，能够严格自律，你才有可能得到人生中一些选择的权利，去做一个最好的你。

上面讲的四点，互相之间是有联系的，是密不可分的。我觉得，中考和高考，都是一种社会性的筛选，它把那些智力、毅力、能力欠缺的人淘汰了。中考和高考是人一生中最重要的两次考试，中考是第一次，它决定你是不是能跳出社会的最底层，过不了这一关，你只能处在社会的最底层，一辈子在温饱线上挣扎；第二次是高考，它影响你今后的职业、经济收入和发展方向。有自律能力的人，对自己该做什么、不该做什么，每一阶段自己最主要的任务是什么，都会有一个很清楚的概念。6到22岁这个阶段是人一生中最好的读书学习阶段。你们现在都是十五六岁，即将迎来人生第一次最重要的考试。八九年的学校生活，使你们具备了一定的学习能力、思辨能力，而初中教材中，难度较大的科学知识在增加，更需要认真听讲、仔细思考、及时复习巩固。因此，偷懒、敷衍了事、贪玩、早恋、沉迷游戏等，都应该远离。可惜，我在茨营的这十多年里，看到不少同学，身上沾染了这些恶习。高尔基说过："哪怕对自己的一点小小的克制，也会使人变得强而有力。"我盼望同学们能明白这一点，能改变自己的不良行为，做到不睡懒觉，不迷恋手机，上课注意听讲，认真完成作业。你能长期坚持下去，就会因为日积月累带来质的变化，就能"有志者事竟成"，去实现自己的理想。

最后，送同学一首诗，这是我在1978年高考前写的，它激励我闯过了人生的一大难关，南师附中的不少学生也用这首诗鼓励过自己。

登山休怕险，读书莫畏难。
人生多险阻，苦战能过关。

愿同学们能在明年的6月，胜利地通过人生第一道难关。

25. 贫困学生的谈心课

2021年8月25日，茨营中学初一新生报到。和往年一样，我请班主任们尽快了解本班建档立卡贫困户子女的情况。9月1日，4张名单交到我手上。这一届学生中共有17名建档立卡贫困户子女，约占新生的9%，比例与学校往年比例一致，也和茨营全镇贫困人口的比例相当。

本着"把好事做实"的原则，我与年级组长蔡培建老师商量，准备召集这些学生开一次谈心会，由我跟他们谈谈初中学习及贫困生资助的事情，使助学工作能有明确的效果。

9月1日下午，初一年级17名建档立卡贫困学生集中在机动教室。我细细观察了一番，这批孩子个头都偏小，也许是因为营养不良的原因，我心头隐隐涌上一阵酸痛。从衣着上看，比几年前大有好转，个人卫生情况也都还可以。

我对这些学生说："今天来参加会议的同学，家里都是建档立卡贫困户。家庭经济贫困的责任不在你们身上，大家不必为这自卑。我本人在60多年前也是贫困生，那时因为父亲得肺病没有工作，我家的人均年收入低于南京的最低生活水平，我知道吃不饱、穿不暖的滋味。从8岁开始，我就领着妹妹干活挣自己的学费，我糊过火柴盒，编过草帽辫，纳过鞋底。这些你们恐怕都没做过，这点你们比我小时候要好多了。上小学时，我没钱买圆规，只能用瓶盖子画圆，你们可能人人都有圆规了。现在大家的经济条件是比其他同学差些，但只要我们自己努力去拼搏，加上国家的政策，将来是能够过上好日子的。今年夏天我们茨营中学刚毕业的学生中，建档立卡贫困户的学生就有5个考上了公办高中，再过3年他们能考上大学，大学毕业后他们就不会再贫困了。过去10年里，我们茨营中学毕业的建档立卡贫困户学生中，就有好几个通过自己勤奋努力上了大学，像吴关村的丁小保、关旗营的关向东、小河的陈东艳、小街子的段佳乐，我们应该向他们学习，通过读书改变自己的命运。我在南京教过的学生和我的朋友们，都愿意帮助你们克服眼前的困难，我们筹集了一些钱作为贫困学

谈心会

生的助学金,用来解决你们在学校义务教育阶段的经济困难,目前每月都会发给你们100元助学金。"

我观察了学生们的反应,17个孩子都在认真地听。我接着说:"大家知道助学金是用来干什么的呢?谁能说说?"一分钟时间里,没有一个人回答。

"助学金是用来助学的,助学,助学,就是帮助你学习的。因此我提出这样几条规定,一是这钱不能用来买香烟和酒,二是不能用来打游戏,如果出现这两种情况,我就停止发放你的助学金。还有,助学金是要促进你学习的,凡是出现不认真学习甚至严重影响班级学习的同学,我就会考虑停止发放助学金,因此严重违反学校纪律的,包括有打架、骂人、旷课、偷窃等情况的同学,你就不能享受助学金了,大家记住了吗?你们必须管住自己,必须努力学习,不断进步,才能对得起爱心人士的一片苦心。诚信是做人之本,我希望同学们写下自己的承诺,签上自己的名字,尽快交给我。"

我又向这些学生说明,在学校升旗台的左手一楼有间办公室,门口挂着"爱心助学文具超市"牌子,这是专门为建档立卡贫困户学生设立的,里面有各种文具、字典、作业本、书包,还有衣服、鞋子、毛巾、口罩等,需要时可去免费领取,但是,不能拿这些东西卖给别人。

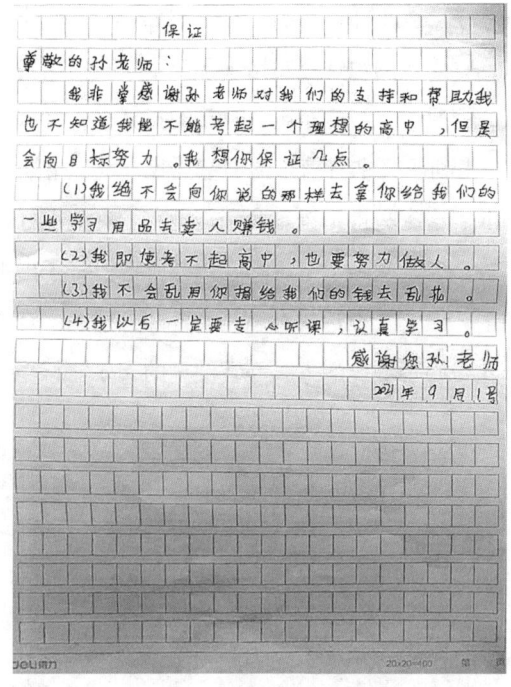

承诺书

不久,我就收到了这些贫困生写的承诺书。

上面这个孩子写得很实在,虽然有不少错别字,语句也不是很通顺,而且他写的是"保证"书,但是"我即使考不起(上)高中,也要努力做人"这句话,使我觉得他理解我讲的道理了。

当天晚上,我在"爱心助学文具超市"给学生们发了文具,在星期五又发了每人100元助学金(因为星期五下午他们放学回家),我嘱咐他们把钱交给家长。

暑假中,我接到在南京教过的一个学生的电话,他说他们夫妻俩都是我的学生,他们全家(包括他们的儿子)都非常支持我的支教工作,他们想长期资助一位将来能上高中的贫困学生。按照他们的要求,我在17个贫困生中挑选了朱利源这个小姑娘。这个女孩子小学成绩就不错,小学毕业成绩居全校第4。我找她谈了几次心,觉得这孩子有志向,学习上有潜力。9月中旬,南京的这个学生给朱利源寄了钱,国庆时,他又给朱利源寄了文具。当我把汇款单和包裹交给朱利源时,她说会写感谢信给叔叔。

乌蒙山纪事

两天后，朱利源拿着写好的信给我看，信的格式有些不对。写信封时，朱利源不知邮政编码是什么，收信人的地址也写错了几个字。我指出错误，让她重新写信和信封，让她把自己家的情况、学习的情况、自己的打算，告诉叔叔一家。

10月18日中午，朱利源又拿着信来图书室找我，她说星期六在家重新写了感谢信。我粗粗地看了一下，这次写得不错。我夸奖她，她有些不好意思。我又看着她写好信封，帮她贴上邮票，当天我到镇上的邮政代办所把信寄了出去。

虽然信里有错别字，但全文表达的意思是清楚的，感恩之意是真诚的。

懂得感恩的孩子才是心智健全的人，心智健全的人才能行稳致远。

朱利源写感谢信

特别鸣谢

中国民主同盟江苏省委员会

中国民主同盟南京市委员会

南京师范大学附属中学校友会

云南省曲靖市麒麟区茨营镇茨营中学

南京师范大学附属中学1985届初中3班

南京师范大学附属中学1988届高中7班